多喜
DUOXI

世界多辽阔　生活多欢喜

群星闪耀
×
丹麦设计的黄金时代

Kaare klint
Ole Wanscher
Arne Jacobsen
Finn Juhl
Børge Mogensen
Hans Wegner
Poul Kjærholm
Poul Henningsen
Verner Panton

多北欧喜 DUOXI 丹麦

中信出版集团

注：以下介绍的丹麦设计师，仅为本书内容里涉及的部分主要设计师，在丹麦设计的黄金时代，同时涌现了众多在艺术星空下跳跃的明星巨匠，璀璨着这美丽的夜空。特此致敬！

左页图案来自凯尔·克林特设计的 Faaborg Chair 的藤编图案

凯尔 · 克林特

Kaare klint
1888—1954

家具是不能够被设计的。

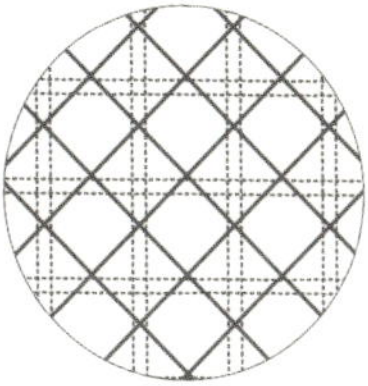

来自 Faaborg Chair 的藤编图案

丹麦现代设计之父，正是他开启了被称为丹麦黄金设计时代的 Danish Modern 时期。他主张从历史中的经典学习，并且极尽测量之所能，一切设计都以功能性为目的并对人体和使用的物件进行精准测量，他的理念影响深远。他的建筑师父亲一直向他强调从历史中学习的重要性，不过最初克林特想成为一名画家，后来他发现自己对建筑更感兴趣，更进一步，是对家具设计的兴趣更大。

代表作：Safari Chair / Faaborg Chair

注：Faaborg Chair

奥尔·温斯彻

Ole Wanscher
1903—1985

我的设计灵感，总是隐藏在历史和传统中。

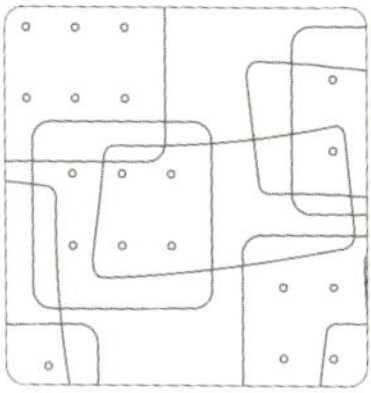

图案来自 Rocking Chair

克林特的学生，也是他的忠实追随者。温斯彻的父亲是一名艺术史专家，温斯彻同样注重对艺术史的研究。温斯彻频繁去国外旅行，在旅行中学习研究不同文化不同历史时期的家具设计，撰写过很多相关书籍。1955 年继克林特之后成为丹麦皇家艺术学院（Royal Academy of Fine Arts）家具设计部的负责人。温斯彻的设计风格颇为传统和稳定。

代表作：Colonial Chair / Rocking Chair

注：Rocking Chair

阿恩 · 雅各布森

Arne Jacobsen
1902—1971

无论是设计勺子还是国家银行，创造都是让人兴奋的事。

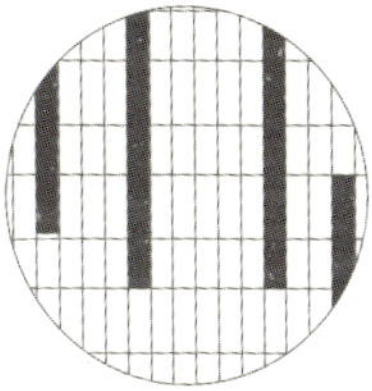

来自 Arne Jacobsen 设计的 SAS 大厦外立面

阿恩 · 雅各布森是名建筑师，他几乎从不单独设计家具，那些知名的家具设计本身都是为了他的建筑而设计。雅各布森 1927 年毕业于丹麦皇家艺术学校的建筑设计部。1936 年与 Erik Moller 一起合作，赢得了 Arhus Town Hall 的设计竞赛。二战期间为了逃避纳粹的迫害和妻子逃亡瑞典。之后再次回到丹麦，1956 年设计他最为知名的代表作 SAS Royal Hotel。

代表作：Egg Chair / Ant Chair / Swan Chair

注：Egg Chair

芬·祖尔

Finn Juhl
1912—1989

就像任何年轻人一样，我也有革命思想，只不过我已将它们转化到设计之中。

图案来自 Chieftain’s Chair

芬·祖尔可以说是丹麦设计舞台上一个“反叛”的人，他并不全然赞同克林特的理念，并且与很多丹麦黄金时代的设计师不同，他本身没有任何手工艺背景。原本芬·祖尔想成为艺术史专家，他的商人父亲并不同意，于是折中在丹麦皇家艺术学校学习建筑设计，不过同时他也悄悄地学习艺术史，自学家具设计。也正因此，他的设计更多地受到艺术——特别是雕塑——而非历史的影响，制作起来非常之难。

代表作：Chieftain’s Chair / 44 Chair / 45 Chair

注：Chieftain’s Chair

Børge Mogensen

伯格·莫根森

Børge Mogensen
1914—1972

我的目标是设计服务于人的家具，人是主角，而不是让人去适应家具。

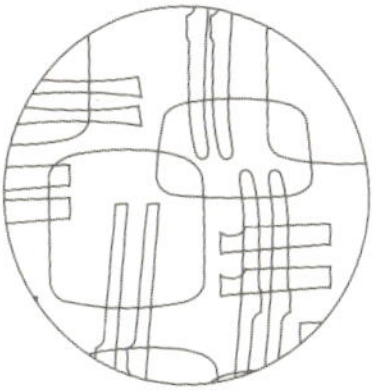

× 图案来自 Dining Chair

莫根森是克林特的得意门生与忠实追随者。莫根森最开始是和韦格纳一起在艺术和手工艺学校（School of Arts and Crafts）学习，毕业后到克林特所在的学校继续学习，并直接师从克林特，之后担任克林特的助理，一生都在传播克林特的设计理念。尤其是在后期，他和芬·祖尔闹得并不愉快，直至莫根森去世，芬·祖尔非常遗憾之前两人的关系。

代表作：Spanish Chair / Hunting Chair / Dining Chair

注：Dining Chair

汉斯 · 韦格纳

Hans Wegner
1914—2007

一生中，如果能设计出哪怕就一把好椅子……但就是不能。

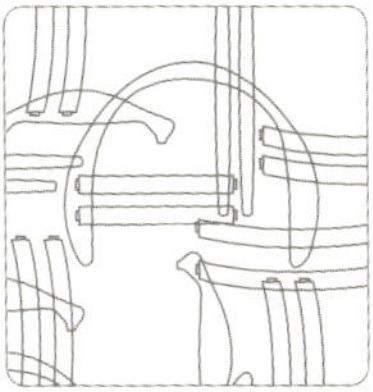

× 图案来自 The Chair

汉斯·韦格纳可以说是丹麦黄金设计时期最有名的设计师。一生设计椅子千把，被称为椅子之王。韦格纳的父亲是个非常有名的鞋匠，韦格纳自小就在父亲的工坊玩那些工具，拥有手工艺的成长背景和天分。他从艺术与手工艺学校毕业后曾到雅各布森建筑工作室工作，为 Arhus Town Hall 设计家具，之后成立自己的工作室。韦格纳一生设计非常丰富，并且他持续不断地提炼进化自己的设计，将椅子的设计提炼到根本。

代表作：The Chair / Circle Chair

注：The Chair / Circle Chair

保罗 · 克耶霍尔姆

Poul Kjærholm
1929—1980

就像木材和皮革一样，钢铁和石头也会优雅老去。

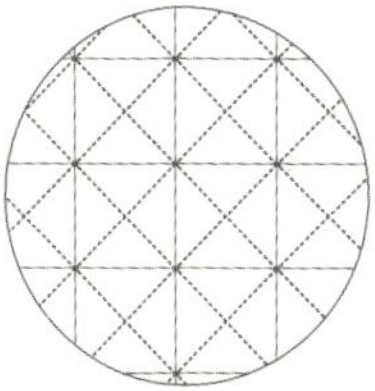

× 图案来自 PK91 / PK22

保罗・克耶霍尔姆获得过木工认证，在艺术与手工艺学校的家具设计部门学习期间，师从汉斯・韦格纳。1976 年，继奥尔・温斯彻之后，成为家具设计部门教授。他受德国包豪斯学校和荷兰风格派（De Stijl）的影响，但克林特以及韦格纳的手工艺人的思维也深深地影响着他，他深信家具应与建筑深深联系，他更愿意称自己是家具建筑师，而不是设计师。

代表作：PK80 / PK22 / PK91

注：PK91 / PK22

保罗·汉宁森

Poul Henningsen
1894—1967

未来会如期而至，进步不会。

× 图案来自 PH 系列

保罗·汉宁森是作家、评论家、建筑师，不过他最为有名的身份则是灯饰设计师，他的 PH 灯饰基本遍布整个北欧地区，特别是丹麦，博物馆、画廊、公司、咖啡馆、普通人家里几乎都能看到 PH 灯。汉宁森灯饰设计的最大贡献在于对结构、阴影、光线三者关系的处理。他认为耀眼的光线是现代电灯的基本问题，他要创造出完美并且不刺眼的光线，如日光般自然。

代表作：PH5 / PH Louvre / PH Artichoke

注：PH Artichoke / PH5

维纳尔 · 潘顿

Verner Panton
1926—1998

有些人害怕使用颜色，我就想办法激发人们运用想象。

来自潘顿设计的图案

他结束了上一个设计时代，同时开创了另一段设计辉煌，上世纪六七十年代，潘顿大胆的色彩和曲线以及新型材料应和着那个时代的波普文化，他便是流行和前卫。他对颜色和形式有着敏锐的感知，大胆的色彩和夸张的造型在他的设计中能达到一种艺术般的平衡。潘顿的岳父对他的评价是："固执且青春永驻"，他的岳父便是保罗·汉宁森。

代表作：The S-chair

注：The S-chair

多喜

DUOXI

世界多辽阔 生活多欢喜

右页图案来自伯格·莫根森设计的Dining Chair

DANISH ARTS FOUNDATION
感谢丹麦艺术基金会特别支持。

插画：1204设计工作室

×

请坐好

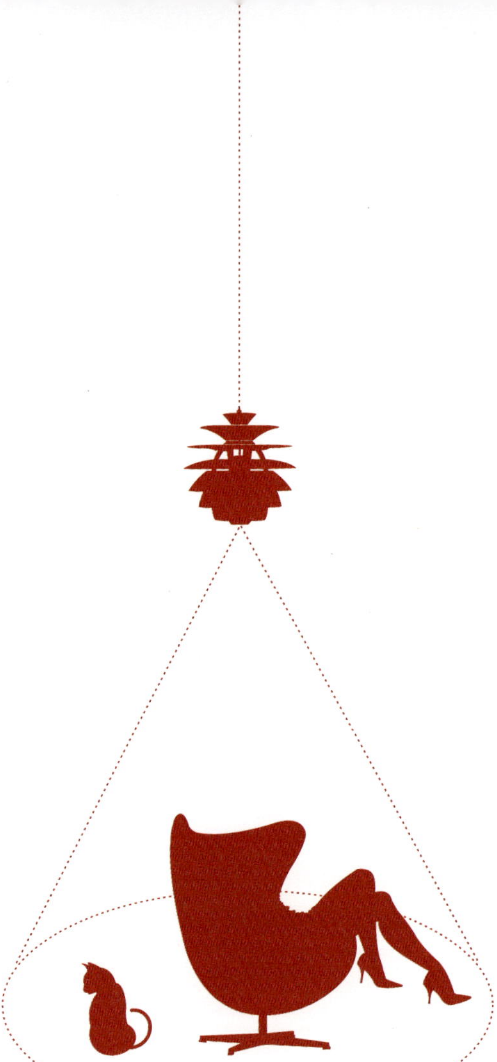

哥本哈根四条腿

一把椅子和一个时代的传奇

多喜北欧 丹麦 01

肖小困……著
文　俊……摄

中信出版集团·北京

用一把椅子抵御这生活的洪流。

目录

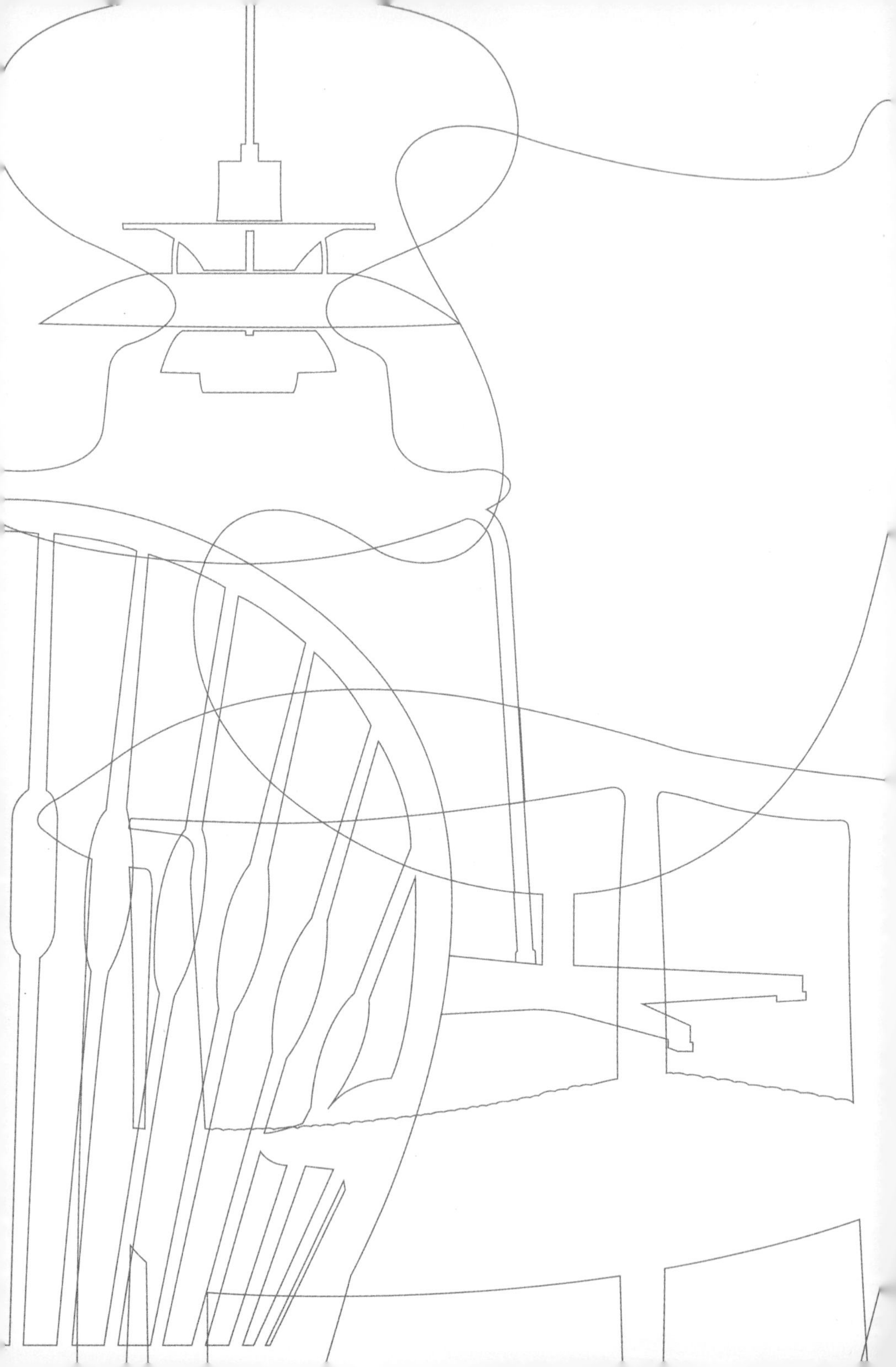

序言

丹麦设计传奇

1960 年，当约翰·肯尼迪（John F. Kennedy）和理查德·尼克松（Richard Nixon）进行美国大选历史上第一次电视辩论时，他们便坐在丹麦设计师汉斯·韦格纳（Hans Wegner）设计的圆椅（The Round Chair）上，圆椅正因其品质、舒适性以及简洁之美被选中。如今，这款圆椅以及汉斯·韦格纳和一众 20 世纪 50 年代到 70 年代的丹麦设计大师设计的众多椅子，因其卓越的手工艺、舒适感和经典设计越来越闻名于世。那段时期的大部分名椅也都成为今日的标志性设计，在世界各地的设计博物馆都有展出。

本书展现了像芬·祖尔（Finn Juhl）、伯格·莫根森（Borge Mogensen）、汉斯·韦格纳以及他们的知名设计，其中一些椅子设计受到明代家具风格的启发。看到丹麦设计在中国如此受欢迎我非常高兴，本书作者就此话题写了不止一本书，传递了她对丹麦设计的喜爱与欣赏。我非常愿意向任何一位对家具和经典设计感兴趣的人推荐这本书。书中美丽的照片也提醒大家一个简单的事实，复制版总是缺少原版的美丽。

我希望中国各地的设计爱好者都能够从本书中得到启发，也希望现在和未来，丹麦美丽的经典椅子设计走进中国人的家中。

戴世阁（Anders Carsten Damsgaard）
丹麦驻华大使
2017 年 8 月　北京

前言

哥本哈根四条腿×

在丹麦设计博物馆一个展厅的窗户下，有两把非常简单朴素的原色椅子并排摆列，参观的人们有时候会快速经过，有时候会低头阅读标牌上面的信息，在充满各色精彩产品的博物馆，这两把看起来就像学生座椅般的椅子的确不怎么吸引人。

尽管两把椅子在造型和尺寸上不同，但在感觉上又极为相似，椅腿都是圆柱形，此外座位部分都使用了纸绳编织。其中一把是凯尔・克林特（Kaare Klint，1888—1954）在1936年设计的教堂椅（Church Chair），由山榉木制成，另一把是他的坚定追随者伯格・莫根森（1914—1972）时隔8年，在1944年为FDB Møbler设计的一款餐椅，橡木制成。

凯尔・克林特和伯格・莫根森是师徒，更像父子。

开创与传承，就像这两把椅子。

在包豪斯[1]要彻底与传统决裂的时候，凯尔·克林特却掉头转向传统。他相信对传统经典家具在材质、比例以及结构上的学习能为新时代的设计提供最好的素材与灵感。凯尔·克林特的设计都不是灵感的随意挥洒，多是基于无尽的研究，研究物品的使用目的、物品与人体的比例以及如何在结构上表达明晰以及在材质和手工上极尽所能。

当他在1924年创办并执教丹麦皇家艺术学院（The Royal Danish Academy of Fine Arts）的家具设计部门（Department of Furniture Design）时，他的设计思想更为广泛地影响了一批丹麦设计师并且奠定了被称为“Danish Modern”丹麦黄金设计时期的设计基础：从历史经典中学习，着重产品的功能、结构以及材质，与优秀的手工艺人合作。这些都是丹麦设计得以在20世纪四五十年代在世界范围大放光彩的因素。

凯尔·克林特及其众多学生，特别是奥尔·温斯彻（Ole Wanscher，1903—1985）、伯格·莫根森、摩根斯·考克（Mogens Koch，1898—1993）打造了丹麦现代设计的轮廓，并且直到今日，凯尔·克林特于1914年设计的法堡椅（Faaborg Chair）依旧在生产，这也是丹麦设计史上唯一一件历经百年依旧在生产的现代设计，它也被称为丹麦现代设计第一件作品。

此外，两位并不十分赞同凯尔·克林特的思想，也不曾在克林特所任教的学校学习过的设计师汉斯·韦格纳（1914—2007）（见本书33页）和芬·祖尔（1912—1989）（见本书119页），时不时地会在不同场合和克林特的忠实追随者争论，特别是芬·祖尔，他“偏离”得比谁都远。但汉斯·韦格纳和芬·祖尔却是将丹麦设计带往国际舞台特别是美国非常重要的人物，他们设计中的有机线条和卓越的手工艺，让美国人着了迷，这可和他们熟悉的“伊姆斯”[2]式风格非常不同。不过伊姆斯反过来对丹麦设计也影响深远。

在汉斯·韦格纳和芬·祖尔的设计中，两人依旧以木材为基础，并且强调手工艺的重要性。但阿恩·雅各布森（Arne Jacobsen，1902—1971）（见本书165页）和保罗·克耶霍尔姆（Poul Kjærholm，1929—1980）（见本书223页）则更进一步，走出以木工艺和木材为主的丹麦设计，诉诸现代材料。直到1968年，维纳尔·潘顿（Verner Panton，1926—1998）带着他那些色彩大胆，用料新奇的椅子出现在丹麦设计舞台上，Danish Modern 时期悄然落幕。

这段时期的故事异常精彩，而且在这段丹麦黄金设计时期，一系列经典设计陆续出现，尤其是椅子设计，至今都在以各种方式影响着世界以及我们的生活：

全球销量超过700万把的7系椅（Series 7）；被称为世界上最美椅子的圆椅（The Round Chair）；曾以422,500英镑成交、成为拍卖行里北欧单件家具拍卖价格最高纪录保持者的酋长椅（Chieftain Chair）[3]……

椅子成为丹麦设计的代表符号。

×××

大部分时间我在哥本哈根会走来走去或骑来骑去，有时会乘坐公车或是火车。

我时常会留意或是去寻找那些椅子以及制造椅子的人。在皇家咖啡馆，我看到雅各布森设计的蚂蚁椅；在路易斯安那美术馆，看到保罗·克耶霍尔姆特别为这里设计的路易斯安那椅；在丽笙酒店大厅，看到蛋椅（Egg Chair）。这些真切的存在，让我看到往昔时光中那些人的面孔，他们专注得动人。

但这并不是一本单纯怀念美好旧时光的书。

被称为丹麦黄金设计时期的 Danish Modern 纵然结束，而且在和大部分设计师的交谈中，他们依旧赞叹并感念那段不会再有的美好日子。但过去与未来的界限在哪儿？那些经典，在现在的生活中依旧可见，甚至在收藏家看来炙手可热，而且前行中的丹麦设计并没有失去光彩，包括一直与汉斯・韦格纳合作的传奇工坊 PP Møbler（见本书 79 页），在“传奇”的名声中昂首前进，不急功近利，在使用木材的同时，也在种植树木，关注环境。还有新一代的手工艺人桑畑晶子（Akiko Kuwahata）和肯・温特（Ken Winther，见本书 51 页），在自己的设计中继承了丹麦设计的品质与手工艺，在手工所能表达的范围内，极尽所能。

相信曾经发生的一切都不会消失不见，不过是消融在岁月的细缝里，依旧在你的日子中照亮生活。

致设计，致岁月。╳

1. 包豪斯原指 1919 年在德国魏玛成立的一所工艺美学学校，后也指一种艺术风格和思潮，影响极其深远，包豪斯极为强调功能性，忠于原材料之特性，拒绝装饰，形式追随功能。

2. 查尔斯·伊姆斯（Charles Eames，1907—1978）是美国最杰出、最有影响的少数几个家具与室内设计大师之一。

3. 直至 2015 年，该项拍卖纪录被丹麦设计师彼得·姆斯（Peder Moos，1906—1991）的餐桌设计打破，以 600,000 英镑成交。

værkt

插曲01

我正在做一把椅子啊 ×

1928 年，瑞典建筑师古纳尔·阿斯普朗德（Gunnar Asplund ）[1]在斯德哥尔摩见到丹麦设计师凯尔·克林特。

克林特问阿斯普朗德正在做什么，阿斯普朗德解释说自己正在做一座图书馆、一家电影院，还有一栋商业大楼。

“你怎么样啊克林特？”阿斯普朗德热情地问道。
“哦，我正在做一把椅子。”克林特简单地回答道。

几年后，当他们在哥本哈根再次相遇，克林特又问阿斯普朗德在做哪些项目。
“我在设计市政厅，还有一所学校和几栋别墅，那么，你呢？”
“我上次不是跟你说了嘛，我在做一把椅子啊。”克林特再次简单地回答道[2]。

近百年来，这个最初由阿斯普朗德本人讲述的故事依旧被不断转述。凯尔·克林特这个完美主义者，一生仅仅设计了三十多个作品。但这个有些苛刻的完美主义者，却开启了被称为Danish Modern的黄金设计时代。丹麦设计师对传统与历史存有敬意，同时扎根于当时的社会环境和丹麦的工匠传统，不断抽丝剥茧，以求达到更好。从凯尔·克林特开始，便主张以生活和人的尺度为设计之基础，即使“离经叛道”的芬·祖尔，也十分关心人们的生活方式，更别说汉斯·韦格纳为了椅子的舒适，曾经和一位医生合作。

每个设计中对人与生活的思量，都能够让它成为经典，而经典，正如卡尔维诺所言，“就是将当下的嘈杂之音化作嗡嗡背景声的作品”。Danish Modern时期的设计便有这样的魅力，一件设计足以抵抗生活的一切不安，让嘈杂的消费社会瞬间变得窸窣遥远。

这正是我隔窗望向圆椅时的心思，即使曾在书中不断看到这把椅子，但当我面对它时，心中依旧发出了感叹，圆椅，The Chair，无须更多的形容词，恰好，就是世界上那把完美的椅子。

在穿着羽绒服身体依旧需要温暖的冬天，路上少有车辆，冷风中偶尔经过的人们，有的将手插到大衣口袋，一个穿黑色大衣的男人用戴着黑色皮手套的手拉紧衣领，另一个男人从街口咖啡馆侧身而出，出门便急迫地喝了一口，以便给自己面对这冷风的勇气。路口的红绿灯按时闪烁。我从窗外走到旁边的正门，推门进入这家著名的设计复古店，径直走向橱窗的那把椅子，从店内再次打量那把椅子的背影，汉斯·韦格纳最著名的设计——圆椅。此时店里没几个人，在这个展厅，我独自面对这把椅子以及窗外奔腾的时间。

圆椅，我打量着它，如同阅读一件雕塑。整个结构全部是曲线，四条椅腿稍稍向外倾斜，中间粗两边细，给人们造成一种椅腿没有倾斜的视觉效果，座椅结构的曲线向下弯曲，看起来舒适柔软，而竖直靠背的横梁在转弯处悄然滑向椅子的扶手，这种结构让人可以变换各种坐姿。约翰·慕拿·尼尔森（Johan Moller Nielsen，1908—1990）曾形容圆椅："它丰盛是因为它呈现出细致考究的线条，又让橡木与藤两种材料可以互相辉映，它简朴是因为它呈现出的严谨，简洁利落到一点都没有浮夸。"

丰盛与简朴，这些并非常用来形容物品的形容词放在这把椅子上是如此贴切。

几十年过去，这把简朴的椅子穿越时间与洪流，在这个冬日周六的上午，它依旧在橱窗中自信地面对这个世界。×

1. 古纳尔·阿斯普朗德（1885—1940），20 世纪极具影响力的瑞典建筑师之一。曾是北欧古典主义建筑风格的一位重要建筑师，后成为瑞典现代主义建筑风格的主要支持者。
2. *Danish Modern*, Andrew Hollingsworth, Gibbs Smith, 2008.

左图：凯尔·克林特 1914 年为法堡博物馆（Faaborg Museum）设计的法堡椅，持续生产百余年。
右图：圆椅，被称为最完美的椅子，汉斯·韦格纳设计，PP Møbler 制作。

丹麦设计博物馆，20 世纪以来世界上那些最有名的椅子大多都能在这里看到。特别是 Danish Modern 时期的设计师们，从凯尔·克林特、汉斯·韦格纳，到伯格·莫根森，还有保罗·克耶霍尔姆，等等，在这里都能看到他们的几件作品。

Hans Wegner：不过一把好椅子

布鲁诺·莫拿利（Bruno Munari）[1]曾在一篇试图写尽各种椅子的文章里，用一个调侃般的调查来展示设计一把椅子究竟需要满足多少不同的需求：

> 它们必须舒适，奢华，淳朴，稀奇，严苛的技艺与功能性，宽广，狭窄，高，低，坚硬，柔软，优雅，精准，紧致，大且让人印象深刻，便宜，物有所值，显而易见的高贵且给人深刻的印象，由一种材质制造，由不同的材质制造，同时材质要兼顾稀有与粗糙，同时也要精致与天然。[2]

你能想象世界上究竟有多少种椅子？全世界的椅子排列起来究竟能绕地球多少圈？每个时代的设计师们为什么依旧还在不停地设计椅子？

椅子，椅子，人人都在追求完美得恰到好处的那一把。汉斯·韦格纳的一生画了将近3,500张草稿，其中有将近500个设计被投入生产，他也被人称为“椅子之王”。对此，他并不满意，即使设计出被美国人称为就是那把刚刚好的完美圆椅。“如果你能在一生当中设计一把刚刚好的椅子……可你就是不能。”汉斯·韦格纳在1952年的时候这样感慨。

× 左图：将汉斯·韦格纳设计的大部分椅子造型堆叠在一起构成的一张奇妙的海报。

GRATIS SØNDAGS
OMVISNING
FREE GUIDED
TOURS SUNDAYS
FAMILIE
VÆRKSTED
HVER SØNDAG 13.00-16.00

著名丹麦设计师保罗·海宁森设计的灯饰几乎遍布这里的每个空间，咖啡馆，博物馆，普通人家，店铺，等等。旁边那把汉斯·韦格纳的大椅子，是丹麦设计博物馆在2014年为了纪念他诞辰一百周年而特别制作。

LEARNING FROM
JAPAN
DESIGN MUSEUM DANMARK
DESIGN MUSEUM DANMARK
CAFÉ
EXHIBITIONS
BIBLIOTEK
SHOP
BUTIK
LIBRARY
UDSTILLINGER
CAFÉ

来点传统的

汉斯·韦格纳并不曾在凯尔·克林特任教的学校学习，可那时克林特的影子无所不在。

1936 年，汉斯·韦格纳加入位于哥本哈根的工艺美术学院（School of Arts and Crafts），当时他的老师正是克林特之前的一位学生。此外这所学校的教学地点正在如今的丹麦设计博物馆（Designmuseum Danmark），而这座建筑也正是克林特由之前的一座医院改造而成。非常明显，工艺美术学院秉承克林特的设计思想，教授学生从历史经典中学习，临摹那些经典设计，并且测量人体与家具的关系。比如他们会测量衣服的长度以决定衣柜的高度，也会测量叠好衣服的宽度或是帽子的高与宽，以决定收纳空间的大小。

在学校的那段时光，汉斯·韦格纳画了很多精准比例的设计稿和漂亮的水彩稿，他也遇到了另一位设计师伯格·莫根森，两人很快成为好朋友，并且经常讨论问题。不同的是，毕业后伯格·莫根森考取了克林特的设计学校继续学习，并最终成为克林特的忠实追随者，而韦格纳不但没有继续求学，反而在还没有毕业的时候便去了当时阿恩·雅各布森和埃里克·莫勒（Eric Møller）创办的建筑事务所工作，为奥胡斯市政厅（Aarhus City Hall）[3]设计家具。

工作期间韦格纳已经开始和不同的手工艺坊合作在木工匠协会展览（Cabinetmakers Guild Exhibition）[4]展出自己的家具设计，直到 1941 年，他开始和之后合作长达 26 年的伙伴约翰纳斯·汉森（Johannes Hansen）共同展览，韦格纳可以自由出入约翰纳斯·汉森手工艺坊，也可以在这里实验任何家具设计，甚至是那些将要量产的家具做设计原型。1947 年，韦格纳和约翰纳斯·汉森联合发表了一件非常具有代表性的作品——芬·祖尔给这把椅子

在丹麦设计博物馆有一个凯尔・克林特特别的小展厅。墙壁上是克林特标志性的设计方法，以人为测量尺度而设计家具。那时候韦格纳就在丹麦设计博物馆所在的这座楼里学习这里收藏的家具，而这座博物馆正是克林特将其由原来的医院改建而成，当时他也住在楼里，经常在院里散步。

32"

起的这个生动的名字，韦格纳从不给自己的作品起名字——精简却奢华，这把椅子的风头还没过，很快在 1949 年，韦格纳展出了圆椅，不过，这是一件当时为展览设计的“仓促”之作。

在 1949 年的木工匠协会展览上，不少设计师都展出了用胶合板做的设计，约翰纳斯·汉森和汉斯·韦格纳也推出了用模压胶合板做的家具，但约翰纳斯·汉森时任木工匠协会展览的主席，觉得用胶合板做的设计太多了，所以在最后关头和汉斯·韦格纳商量设计点儿传统的。显然，对全世界的媒体，尤其是美国媒体而言，胶合板不新鲜，毕竟那时候伊姆斯正在美国盛行。反而是韦格纳这把传统点儿的椅子，还有同年展出的芬·祖尔的酋长椅（Chieftain Chair），让美国着了迷。

独立又平静地存在

在哥本哈根最大的设计商店 Illums Bolighus 的顶层，我再次与圆椅相遇。圆椅目前有两个版本，一个是编号 501，使用藤条编织的坐垫，于 1949 年设计，另一个是编号 503 使用皮质坐垫版，于 1950 年设计。这里展示的便是 503 号。

约翰·慕拿·尼尔森说 501 号椅：“它不像一般的椅子那样散发出日常在居家空间的气息。 它是如此特别的一把椅子，是因为它能独立又平静地存在，橡木和藤并存。”

我站在椅子背后，把手搭到椅子靠背处，顺着靠背的曲线滑到扶手处，紧接着我向下到扶手与椅腿的结合，我想着韦格纳的“建议”，一把椅子要能禁得住从任何角度打量。然后我退后打量椅腿以及座位的曲线，没有一处直线，没有一丝多余，没有一处隐藏，结构明晰。

这把椅子也经常被认为是丹麦风格以及木工艺的极致代表，不过对此设计师本人曾表示："我经常被问到，我是如何创造了丹麦的现代风格。可我不得不说，我并没有创造什么风格，这是一个不断提炼净化的过程，对我来说是一种简化，将元素减至椅子的最基本要素：四条腿，一个座位，以及组合的靠背与扶手。"

圆椅看起来就像是椅子最基本元素的组合。仅此而已。却有着无限的丰富细节。

据说最初的靠背处设计非常麻烦，在 1949 年的第一版（目前收藏在纽约现代美术馆）中，汉斯·韦格纳曾用藤条将靠背处包裹起来，以此来隐藏靠背处他并不满意的接合方式，但"隐藏"这种事对木匠出身的汉斯·韦格纳来说简直是忍无可忍，而且靠背如果用这样木钉接合的方式也并不结实。

韦格纳一直觉得自己更像是手工艺人，对手工艺人而言，魔鬼就在椅子的结构以及接合的细节。1950 年韦格纳解决了这个问题，用三块木头来组成后背以及扶手部分，并用一个 V 槽的方式来解决三块木头的连接方式，这种锯齿状接合处带来更大的拉扯力，让椅子更为结实耐用。

在汉斯·韦格纳的设计稿中，他也曾考虑是否用藤条包裹扶手（幸好没有包裹），两侧的扶手上还曾考虑过某种类似比较大的把手，但最终这些构想都被否决，而呈现出来的便是这样一把顺滑，没有任何直线以及突起的椅子形态。

真是太美了，我对任何一把椅子都没有过这种感觉，它朴素优雅，我爱上了它，真心真意。

1949 年诞生的两件跨越时代的作品，一件是芬·祖尔的酋长椅。另一件是汉斯·韦格纳的圆椅。如今的酋长椅由 onecollection 生产，圆椅由 PP Møbler 生产。

肯尼迪、尼克松与圆椅

这层的人并不太多，非常安静，或是我绕着这把椅子转了太久，或是我满眼倾慕，一个店员出现在我身边。

“嗨，如果需要帮助随时可以找我。”正没地方抒发我的心情，“真是太漂亮太特别了。”我满目热情地对他说。“是的，汉斯·韦格纳的经典椅子。”店员似乎对我这脱口而出的热情赞美有点不知所措。“我可以尝试下吗？”“当然可以。”对话就此匆匆结束。

接着我用两手提起椅子，沉甸甸的感觉，踏实靠谱，值得信赖。我坐下去并尝试多种坐姿，设计师就是考虑到人们不可能一个坐姿坐太久，因此在靠背的支撑下可以尝试变化坐姿，我尝试摆出肯尼迪在 1960 年与尼克松电视辩论上的坐姿，胳膊肘搭在扶手上，跷起一条腿，双手在腿上交叉，同一把椅子，肯尼迪的姿势坐起来要自信很多，而且肯尼迪坐在这把椅子上看辩论材料的照片是有关这把椅子流传最为广泛的照片之一。

而尼克松坐在椅子上却看起来十分拘谨，而且相当奇怪，双脚放在地上，一只手扶在扶手上，另一只手放在腿上。这可不是设计师的本意，汉斯·韦格纳要坐在上面的人能够有放松舒适的姿态，当你的脊背靠在椅背上，而你的屁股后面又有空间，你的身体自然会调整出最舒适的坐姿。

最初这把椅子是为约翰纳斯·汉森工坊设计，也在那里实现了最初的版本，当时这把椅子的制作全部是手工完成，所有步骤非常耗时。

约翰纳斯·汉森工坊在上世纪 50 年代是韦格纳的主要合作工作室，但从 60

年代开始直到他去世 PP Møbler 都是他的主要合作工坊，眼前的这把椅子也是经过汉斯・韦格纳重新改良过的 PP Møbler 版。此外 PP Møbler 也从其他一些已经关闭的工坊中取得汉斯・韦格纳之前的设计。而今 PP Møbler 已成为丹麦少有的细木工坊了。

PP Møbler，我心生向往。×

1. 布鲁诺・莫拿利（1907—1998），意大利设计师、艺术家和平面设计师。20 世纪的现代设计史上影响最为深远的艺术家与设计师。

2. *Design as Art*,Bruno Munari,Penguin Global,2008.

3. 奥胡斯市政厅位于丹麦第二大城市奥胡斯，于 1941 年完工，由建筑师阿恩・雅各布森与埃里克・莫勒设计，是少数几个被标记为必须保存的市政厅建筑之一。汉斯・韦格纳负责家具以及部分室内设计。

4. 木工匠协会展览（Cabinetmakers Guild Exhibition），由丹麦木工匠协会（Danish Cabinetmakers Guild）组织的家具设计展，1927—1966 年间举办，见证了丹麦黄金设计期，也为设计师们提供了非常好的展示与合作平台。

年轻的老木匠

我在展览上看到桑畑晶子设计的有轨电车小桌（Tram），那是一张非常独特的木质小桌，轻巧现代，颇具新意，就像它的名字一样，如同电车一般行驶在狭小空间的小桌子，而且可以借助提手方便地提来提去，桌面也可以像托盘一样取下来。除此之外，它的材质也非常精妙，桌子的材质是由1.5mm薄板制成，而这薄板很像由各种木材做成的夹层饼干，由胡桃木和橡木以及染色桦木层组成，一个美妙且多样的表达。

这件设计的说明中特别提到，这张小桌是桑畑晶子和肯・温特紧密合作的成果。而肯・温特正是PP Møbler里一名资深的木工匠。

下了火车，我环顾四周寻找肯·温特，上车前我给他发了短信，肯没有回复，我有些担心。

站台人并不多，偶尔与之目光交错的人我会想这是不是肯。很快我看到一个戴着土黄色针织帽子的人向我这边看，我迎着他的目光，向他走过去。

“肯？”我试探性地询问。
“黄英。”他笑着说，并摘下手套。
“不，不，我不是黄英。”
“不，不，黄英。”他依然笑着对我伸出手。

我迟疑地伸过手，他依旧笑着说“黄英”，刹那我恍然大悟，原来他正在尝试用中文跟我说“欢迎”。

哈。我伸手握住他的手，他的手很大，有些冷，关节突出，很瘦但有力。“我的车在那边，从这里到我家要开十几分钟。”

我看着肯戴上帽子，走过人行道。他走路的样子让我想起乔布斯，他比较高，走起路来身体会有些前倾，穿着运动鞋、牛仔裤，步伐很大，沉静且谨慎，一件宽大的灰色夹克，似乎让里面的身体非常自在。

让它们不同，让人惊喜

几天前下的雪还没有完全融化，在阳光的照耀下，这些堆积在房子四周的雪闪闪发亮。有种来到日本乡下的错觉，桑畑晶子在门口笑眯眯地迎接我们。

最初的交谈，肯·温特谨慎且少语，不说话的时候，他不时地用手托着下巴，或是双手在胸前交叉环抱看着我们，晶子则忙着招待客人。

肯和晶子的家有一种柔和的金色氛围，不管是木地板还是大小家具，基本上都是用同一色系的木质，阳光透过落地玻璃门照进室内，像是电影里逆光的慢镜头。家里的这些木质家具，有的是从肯的祖父那里得到的，比如那个靠墙小桌。“不过这里的家具大部分都是我们自己做的，有些是我在 PP Møbler 做的，还有一些是晶子在日本做的，其他的就是我们新近一起做的。”

“我 18 岁就到 PP Møbler 工作了，到现在都有……”他稍微停顿了一下，“差不多 25 年了。”他笑着对我轻描淡写地说着，我却非常惊讶，这么年轻的“老木匠”，我想起下火车时我们的握手，突出的关节和有力的大手。

二十几年的经验积累，但没有被经验绑架，对木材依旧好奇，并尝试用不同的方式去探索。“你看。”他指着圆桌上的一盏灯，起初我都没太注意这盏小灯，原来是用非常非常薄，薄到在阳光中都呈现出半透明效果的木板制成。他还曾用橡木以及漂灰的桦木层做成一个野餐篮子，还有巴西红木和皮子做成的领带。“木头什么都能做，只要你找到对的木材，找到合适的方式。”

还有墙上的小画框，肯将其中一个取下拿给我看：“这个是晶子做的小东西。”30 度的倾斜边角让这个小画框很别致，背板是一块小磁铁板，你可以用磁铁将留言条或是明信片这些小东西粘到画框上。“让它们不同，让人惊喜。”晶子说。晶子用自己做的木质托盘端来咖啡、茶和点心。我们围坐在圆桌旁，聊了起来。

肯与 PP Møbler 的渊源不是在 18 岁时才开始。“我 8 岁的时候跟着爸妈去看展会，跟当时的 PP Møbler 负责人说，‘我长大以后要去你们那工作’。当然人家笑着说，‘这可要问问你爸妈’。”

肯和晶子家门外的雪地上，他们将自己的设计搬出来，放在松软的雪上，从左到右依次为：针脚椅（Stitch），仔细看边缘部分有蓝色蜡线缝制的针脚；编织垫脚凳（Fletvark）；可以在狭窄的地方穿行的有轨电车小桌（Tram）。

我问他你还记不记得第一天到 PP Møbler 上班的情景，有没有什么特别好或是特别糟糕的事情发生。我想着 18 岁的青年初来乍到，总会有什么乐子。

“我都不记得第一天是什么样子了，不过我记得正式上班的前一天。我家人帮我搬到这边，然后我和我哥一起骑着自行车去工作坊，就想先看一看，然后我和在那工作的一个老工匠打招呼，这个人现在在另一个地方工作，但我们依旧是朋友。”

在 PP Møbler 的这么多年，肯几乎已经做遍了 PP Møbler 生产的汉斯・韦格纳各种不同的设计，甚至是一些现在已经不再生产的。“我最喜欢公牛椅（Bull Chair），很难回答为什么。”

一说起木头，肯就非常满足：“木头是很常见的材料，每个人都能用木头做点什么，而且如果你有些技巧以及对木材有些了解，你就能做些非常棒的东西了。”就像米其林三星大厨跟你说做饭真的很容易一样，但台上一分钟，台下十年功。晶子同样如此。

“我之前在日本也是学木工，但我对丹麦的工艺真是太好奇了，我非常想知道背后的故事，所以我就来到了这里继续学习工作。”晶子目前也在 PP Møbler 工作，不用每天都去，工作内容和肯也很不同，她笑着说：“不用动脑筋的。”说着做出眯着眼睛干活的样子。

晶子给我们看她做的一些小东西，有木质小项链和小胸针，但也有家具，说着起身走到一件如同编织的脚凳附近，“Fletvark”，编织的意思，用山毛榉薄木板做成，视觉上非常柔软，但非常结实。直到晶子向我展示一张叫作 KOKO

右图：Fletvark 垫脚凳既可以和休闲椅搭配使用，也可以单独作为一个小凳子，不过最开始我并不敢直接坐上去，我跟晶子说，垫脚凳看起来软软的，晶子让我大胆尝试，我小心翼翼地坐下去，发现垫脚凳不但结实，而且坐下去后整体造型依然非常硬朗。

的长凳之前（也可以当作长桌子），我都以为晶子的设计在视觉以及感觉上都非常纤细。

KOKO 在体量和视觉上都非常有重量感，但整体的造型与曲线很柔和。使用美国松（Oregon Pine）制成，这种木材有漂亮的纹理。“我用日本处理木材的传统方式来处理表面，这种方式叫 UZUKURI。”她想尝试用语言解释，不过很快就拿来一个用粗线捆好的小刷子直接展示起来，刷子很硬，“要用手使劲将刷子压在木头表面然后做类似擦洗的动作。”说着，晶子双手握着刷子使劲在木材表面来回擦拭，“这样可以将那些在夏天生长的稍软木纹压下去，让冬天生长的木纹更加突出，纹理更加清晰。”我用手摸着表面，非常有触感，完全不同的木质手感。

KOKO 的凳面和凳腿都是曲面，所以我认定这是实木打磨成曲线，而且很重。“KOKO 是空心的，重量只有 14 公斤。”晶子补充道，“但很结实。”说着晶子示意我坐上去。

在满载物质的世界里，他们没有用一种夸张的形式呈现物质的欲望，而是用一种低声轻语，为自己的创作赋予一个个内在的故事，或是隐藏一个个的惊喜，当你发现这些故事以及惊喜，同时也会感受到两人对世界、对木材以及对手工艺的热情。

这样的事情让我疯狂

在肯和晶子的家里，几乎每样东西的背后都有一段故事，或是关于朋友，或是关于亲人，或是关于生活中的细腻观察。如此坚持制作家具二十多年，他们尝试使用了各种不同的木材。我问肯“最喜欢哪种木材”，肯一脸为难：“嗯，

这真是很难回答，这要看你怎么用以及在哪里使用这些木头，每种木头都有它的强项和弱点。如果要让我选一个的话，我会选雪松木（cedar wood），它的气味很棒，而且这些树的花纹也很漂亮。”

聊到兴奋处，肯说给我们看样东西，说着转身离开客厅去隔壁房间。过了一会儿他拿来一个类似木质圆盒的东西，用手轻扫一下上面的灰尘。“仅此一件。”肯特别骄傲地说。

仅此一件，占尽天时地利人和。

这件独特的圆形盒子名为“宇宙”，盒子上面有一层玻璃面，下面是用皓石制作的闪亮星星，用激光雕刻出星空与星座的图案，圆盒四周有四个贴合的小抽屉，里面都装着不同的小东西，钢制的小酒杯、小酒壶，搭配巧克力。“我们希望人们能和好朋友一起喝点酒，吃点巧克力，能够花时间抬头看看天空，感受宇宙。”晶子打开一个抽屉补充道，“而且坐在户外看星空太冷了，所以这里有酒还有两个酒杯。”

不过“仅此一件”的东西当然不会就这么简单，况且它的名字叫“宇宙”。制作这件宝盒的木材非常珍贵，来自一块沼泽橡木，当他们得到这块木材的时候，非常好奇它究竟有多少年了，于是联系了国家博物馆自然科学部来检测树龄，结果让人大吃一惊，这块木头居然来自公元前 1181 年，也就是说它 3000 多年了。这让肯和晶子怀着极大的敬意以及小心来使用它，因为他们要制作的是一个圆盒，他们不知道这块 3000 多年的木头能不能被弯曲做成如此圆润的形状，在这个过程中，他们非常谨慎。此外当你拉开抽屉时，会发现小抽屉是由两种木材制成，一种就是黑色的沼泽橡木，另一种则是比较坚硬的非洲红木，很漂亮的细节颜色，“但这种组合做起来非常麻烦，两种木质不同。”

我看着这件独一无二的“宇宙”，居然有点不知所措。这种感觉就像你读一本书，听一首歌，看一张画，突然有所领悟，有所感动。“像一首歌。”我开始有点走神，脑袋里回想起那首 *Satellite of Love*（《爱的卫星》）的曲调，“卫星升上了天空，这样的事情让我疯狂。”歌里唱道。

我用手去感受这个“宇宙”，肯继续对我说有关这个“宇宙”的故事，我想象有它相伴的时间，即使不必遥望星空，伴随他们所赋予的想象，都会让人心动。

我环顾四周，看着肯做的公牛椅，晶子挂在墙上的小相框，KOKO 旁如同用线缝制的小木凳。肯和晶子的设计之所以打动人，并不完全在于手工艺本身，当然，这是他们实现设计的基础。除此之外，他们对于材料本身的感受、热爱与探索一直伴随着自己的创作。在过程中，会有喜悦、困难、焦虑、失望、妥协与坚持，但惊喜的是，两人没有日复一日重复过往的经验，每个项目都是一种新的探索，都是肯和晶子的小小宇宙，传递对世界，同时也是对自我的探索、冒险与挑战。

两人在这个项目上花费了 300 多个小时，这只是他们的推测，具体的时间也算不清楚，但数字并不重要，肯说得对：“宇宙大爆炸都是一瞬间的事情，但我们确实花了很多时间来创造这个小宇宙。”

此时桌上的咖啡已经凉了，阳光从墙上慢慢向对面的桌子行进，壁炉中的温暖渐渐散发开来。肯提议带我们去看旁边刚建好的新工作室，可我依然满脑袋的宇宙。

从温暖的屋子走出来，冰冷的空气让我一下子精神抖擞，鞋子踩在昨天新下的雪上吱吱地响，四周没有一辆车经过。绕过房子的正门，旁边还积有雪的树上有只小松鼠，正瞪大眼睛看着我们。╳

N
V
Ø
S
CEPHEUS
PEGASUS
15
16
17
18
19
20
21

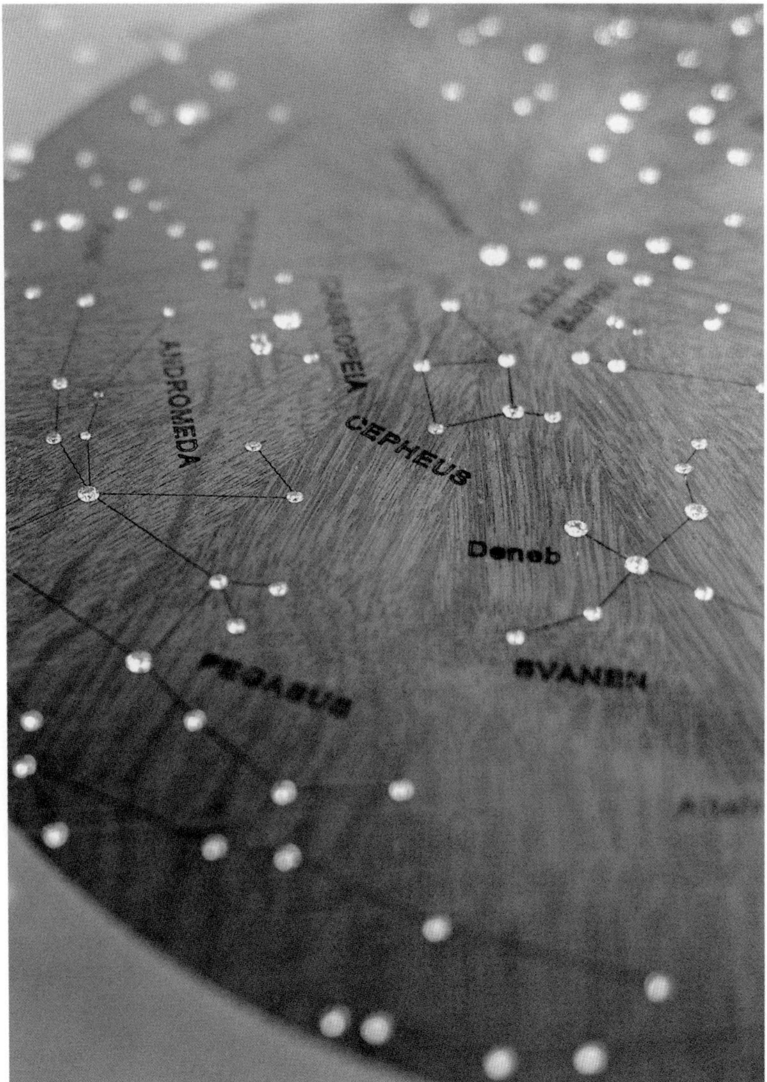
ANDROMEDA
CEPHEUS
Deneb
PEGASUS
SVANEN

灯しびとの集い
2015.11.14/15

Katachi
HAPTIC

osmo

肯和晶子在厨房后面的小工作室，墙壁上有个小长方形的窗可以看到客厅，但这里的光线并不太好，空间也比较小，如今他们在住所旁边又修建了一个比较宽敞明亮的工作空间，很快就能搬进去。

插曲02

木匠开车总不会错 ×

肯开车的风格和他做木工时完全不同。

他开车忽停忽走，两手紧握住方向盘，身体前倾，眼睛盯紧前方，红灯停车时没有一点缓冲，启动同样如此，我坐在副驾驶的座上和他说话，他会突然转头向我回答问题，然后再赶紧转回去。我赶紧闭嘴。我都开始怀疑他是不是马路新手。但看这车龄，显然不是。我安慰自己，木匠开车总不会错，同时抓紧了车窗上的扶手。

路上的车不多，有时候会经过大片铺满雪的空地，肯偶尔按下喇叭。他平时就开车去工作坊，单程大概 20 分钟。“从不堵车。”他笑着跟我说。在路上肯时不时问我一些关于北京的问题，他很好奇。他问我，北京有多少人口，和北京相比哥本哈根小多了吧，北京的冬天有多少度，经常堵车吗。他倒是经常和晶子回日本，但还没来过中国。说真的，我没有什么聊天的心情，只是极力避免在这种情况下晕车。

没开多久，他便将车开进一个小镇，七拐八拐，找到一个停车空位，“可以先把东西放车上，我们下车买点中午吃的东西。”

这是一间当地人经常来买三明治以及各种腌制香肠的家庭小店，在一个路口的拐角处，一开门，店铺里的熟肉味夹杂着奶酪味扑面而来。店铺不大，不过几个人便把房间填满。老板是个满面红光的大块头男人，店铺宣传册子上的他穿着蓝色厨师服，手指着特别推荐的一款自制香肠，含蓄地笑着。

除了有自制的香肠外，还有奶酪、果酱、肉酱这些东西，目光越过冰柜，有一个小门后便是操作厨房。午饭时间，又有人进来排队买东西。肯因为提前打电话和他订了三明治，丹麦式的开放三明治，所以很快就拿到这些沉甸甸用纸包好的食物。

我一手拎着这一纸袋三明治，一边跟肯说，感觉有点像过年的时候去亲戚家拜年。然后我又向他解释了什么叫拜年。 ╳

PP Møbler：
传奇工坊

开车进入 PP Møbler 的大院，那种来到亲戚家后院的感觉更加明显了，像乡下的亲戚，自己开了个木工厂。不过本来也差不多，PP Møbler 自从创办开始，便是家族经营，至今已经传至第三代管理者卡斯珀·霍尔斯特·彼得森（Kasper Holst Pedersen）。

院子里有很多很多堆叠的木头，四周一片安静，旁边的二层小楼里传来急促的狗叫声，总之，这一切都让我有一种到亲戚家拜年的错觉。 肯打开一层小楼侧门，一只大狗跑了出来，先是冲我们叫，然后绕回去安静地蹭肯的腿。

推开工作坊的大门，我深深吸了一口气，进门便是被切割好堆叠着的木头，地上散落着木屑，墙上挂着各种工具，空气中便是那迷人的木头的气味，切开的木头味道混着一种潮湿。汉斯·韦格纳说人类对于木头的情感是共通的，人们见到木头总会忍不住去触摸去感受这种材质。我边走边抚过那些木头。

左图：PP Møbler 家族三代，从左到右依次为，负责手工艺人团队的卡斯珀·霍尔斯特·彼得森、总经理索伦·霍尔斯特·彼得森（Søren Holst Pedersen）以及创办人埃纳·彼得森（Ejnar Pedersen）。

汉斯·韦格纳和PP Møbler的传奇匠师亨利·菲斯卡（Henry Fisker）。他们在工作中形成了设计师与手工艺人彼此默契且促进的合作关系。

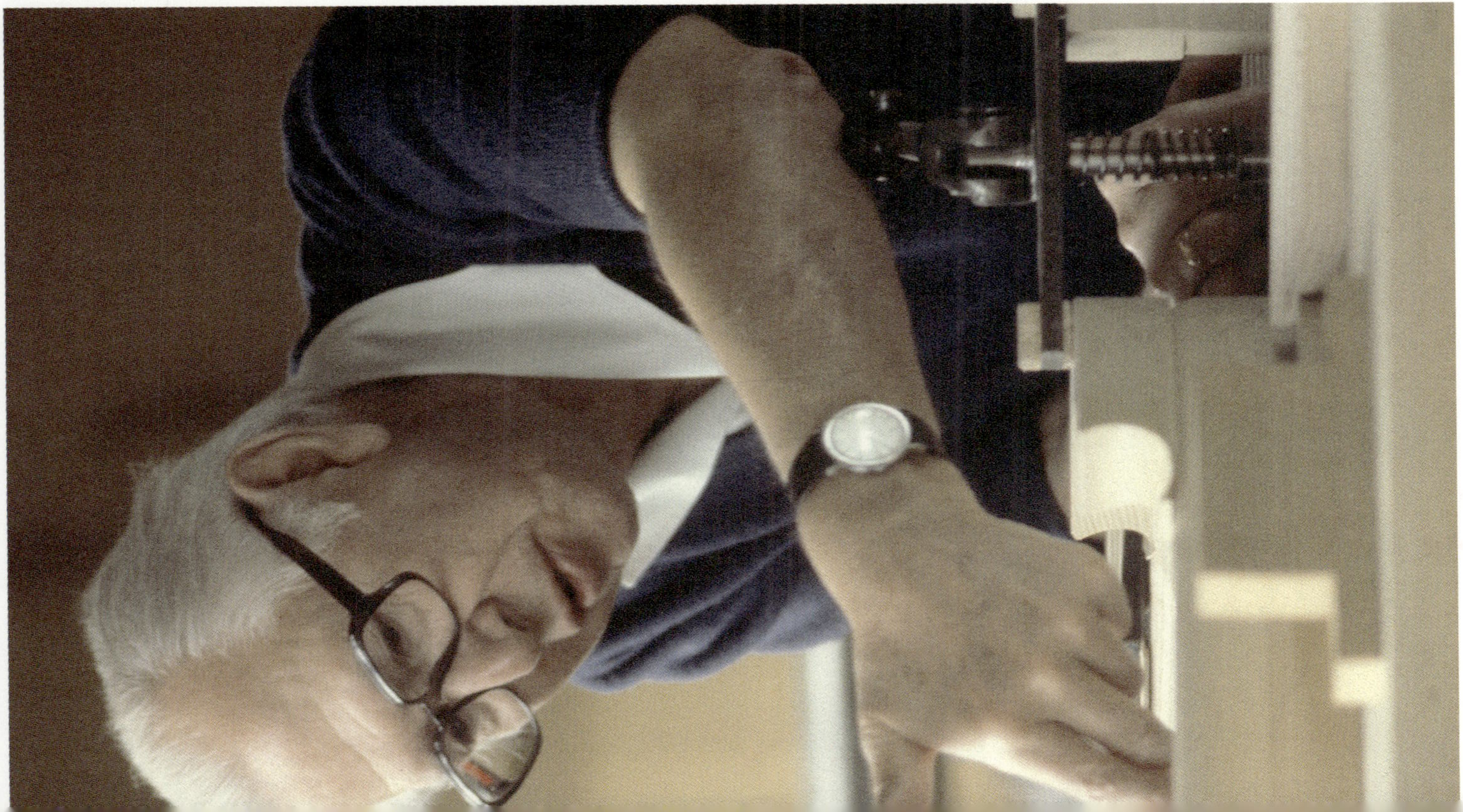

2014 年 PP Møbler 在米兰 MC Selvini 的展览。

肯兴奋地给我们介绍，周五的原因，这里并没有太多人。通往二楼的楼道墙上，挂着各种海报和照片，有奥巴马坐在圆椅上的海报，还有那张肯尼迪的照片。白墙上有一张黑白照非常动人，是一双老年工匠的手，布满皱纹的双手正紧握工具打磨木材。“这是在 PP Møbler 工作最久的匠人的手。”我刚想问这是不是就是创办人埃纳·彼得森的双手，肯就向上面打招呼，转身向我，我抬头看向二楼，一位高大的男士，穿着黑色毛衣，蓝色牛仔裤，有北欧男人硬朗的轮廓，眼神却是含笑的。这就是卡斯珀·霍尔斯特·彼得森。

“我们要让家具的使用期限，就如同需要等候新种植的树木长大那么长久。”这位年轻的管理人曾在一次采访中如此说。

我们这些匠人都是奇怪的人

早在1953年到1954年期间，PP Møbler便开始为韦格纳制作泰迪熊椅（Teddy Chair）的木质框架。泰迪熊椅是韦格纳在 PP Møbler 制作的第一个设计，是一把需要全身包裹软垫的休闲椅。不过就是这次简单的合作，让挑剔的匠人看到一种长久合作的可能。

在制作框架过程中，韦格纳来到工作坊，对 PP Møbler 的创办人、同时也是木匠的埃纳·彼得森说，你不需要把框架做得这么完美，因为之后还要包裹软垫的。“但这是我们匠人的乐趣，我们匠人为自己的工作自豪，即使是一个需要包裹软垫的木质框架。”PP Møbler 与汉斯·韦格纳的故事就此开始。

到了后期，除了制作框架，韦格纳也想在这儿生产泰迪熊椅的软垫，设计师对工作坊的促进，使得 PP Møbler 也下决心创办制作软垫的部门，如今这已成为

工作坊重要的一部分。制作泰迪熊椅的女士向我们展示，这件作品从实木框架开始便是全手工制作，整张椅子的软垫，除了座垫部分，其余所有的地方都是由四种天然材质包裹而成。料棉纤维、棕榈纤维、亚麻纤维和鬃毛。我贪婪地用手摩挲着这些裸露的材料。

“我们这些匠人都是奇怪的人，我们用我们的手指‘观看’，我们触摸。当一个匠人经过一件家具的时候，他就会去触摸它。韦格纳也会触摸，他也会观看，当他经过工作坊时，如果哪儿有什么瑕疵，他一眼就能看出来。”在早期关于PP130 大圈椅的小纪录片中，埃纳平静地说着。

我转身看到办公室中的埃纳，正拄着拐杖向我们走来。白色的头发与胡须，白色的大号工作服。埃纳的声音有一点沙哑，不会讲英语，我们开玩笑说，你可以和我们的摄影助理聊天，因为他也不会说英语。卡斯珀用丹麦语翻译给埃纳，埃纳那严肃的脸突然笑了起来，冲我们的那位伙伴招招手。

这时第二代管理人，卡斯珀的父亲索伦·霍尔斯特·彼得森也加入我们，穿着蓝色工作服的索伦用带有浓重丹麦口音的英语向我们强调 PP Møbler 对品质的追求：“这也是我们一直称自己是工坊（Workshop）的原因。”我想起在来的路上，肯也反复告诉我 PP Møbler 是一家工坊。“不像那些公司，利润不是我们首要考虑的。品质才是。”索伦再次向我们强调。

没说几句话，埃纳便起身道别，索伦也和他的父亲一起，再次缓慢地走进通道尽头的办公室，之后埃纳便背着他的斜挎布包离开工坊。

九十多岁的埃纳，一个人便有一个时代的故事。

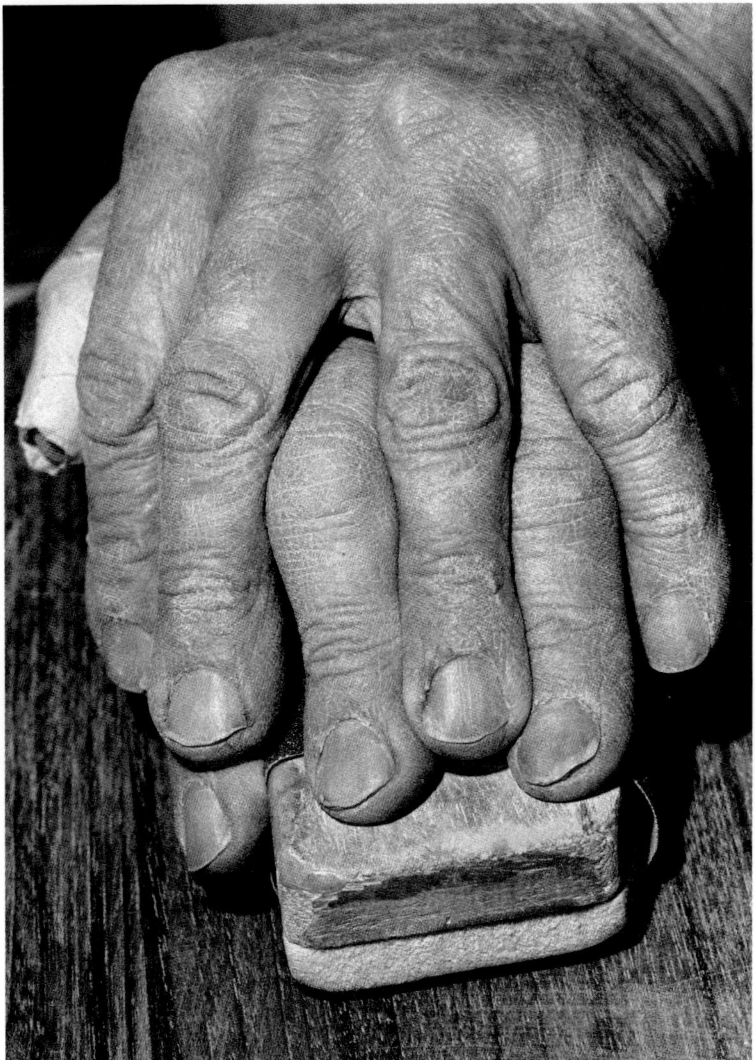

总经理索伦·翟尔斯特·彼得森在 1969 年完成了细木工学徒训练。在丹麦技术研究所毕业后在一家合成板公司的实验室里工作，1977 年回到 PP Møbler 担任生产经理，在 1982 到 1987 年间曾在 Fritz Hansen 家具工厂担任生产经理，之后再次回归 PP Møbler 。

创办人埃纳·彼得森除了与汉斯·韦格纳合作过，和保罗·克耶霍尔姆以及芬·祖尔也有过合作，对此他曾在一次采访中说："我不过是个快乐的手工艺人，恰好很幸运地和这些大师都有过合作。"

我喜欢和这些匠人在一起工作

再次围着长桌坐下，三明治被肯切好放在桌上，卡斯珀也没有吃午餐。

“韦格纳经常来工作室，都记不得他来过多少次，后来只要他还能走动，就会来工作室。”我看着韦格纳的照片，严肃且挑剔的表情，他不是个让人看着就想拥抱的人，没有那么让人想亲近，照片上的他几乎没有笑容。他是个工作狂，连午餐都是寥寥的几片面包。

不过在这里韦格纳一定找到了某种宁静，在这些工具中，在与匠人的合作中。“PP Møbler 的匠人都有高超的手工艺水平，而且他们对待即使最小的细节也都非常仔细，不会遗忘任何细节。”韦格纳曾如此评价，“我喜欢和这些匠人在一起工作，他们喜欢自己的工作，并尽其所能做到最好，他们也从这种制作中得到极大的乐趣。”

“有时候他都不进办公室，直接去工作间，和匠人直接讨论工作细节。”卡斯珀说。

“你还记得你第一次见到他的情景吗？”

“……真是不记得了。”说着卡斯珀做了个完全忘记的表情。肯补充道：“对我们来说，他没有什么特别的，就是工作室里普通的一员，见到他也没什么特别的，很自然的一件事。我们和他打招呼，就像‘嗨，汉斯’这样，非常简单。”

我们聊着关于韦格纳的种种。“你见过他十几岁的时候，用木头雕刻小雕像吗，就是用小刀雕刻的，那简直是天才之作。”卡斯珀手里拿着咬了一口的三明治赞叹地说。

右图：PP Møbler 的传奇匠师亨利·菲斯卡，他曾被授予丹麦女王的忠诚服务荣誉奖章。 ×

PP130 圈椅是汉斯・韦格纳的最大梦想，也是匠人的最大挑战。PP130 的设计稿和最终实现，整整间隔了 10 年。

2000 年，设计师索伦・乌瑞克・彼得森（Søren Ulrik Petersen）在工作坊制作由他自己设计的 PP911。从 1998 年起，索伦开始与 PP Møbler 合作。仅仅用了一年的时间，他便创作了一张扶手椅 PP911。从此，他 成了工作坊里的常客。

制作汉斯·韦格纳在 1953 年设计的侍从椅（Valet Chair）。它的上半部是完整的一个衣架，座位掀起来下面是一个储存空间，可以存放小东西。你可以在这掀起来的板子顶端挂一条裤子，让裤子保持笔挺。一开始这件作品是四条腿的结构，但是韦格纳并不满意，继续修改这件作品，最后他去掉一条腿，来减轻整件作品过重的感觉。

这时一位女士过来和卡斯珀用丹麦语聊着。我的目光越过他们，看到旁边有间由玻璃隔开的透明房子，里面有很多韦格纳设计的椅子，男人们坐在不同的椅子上抽烟，虽然还没有达到烟雾缭绕的级别，但这景象也很奇特。

韦格纳是鞋匠的儿子，小时候在他爸爸的工作间，那些制鞋工具以及木头就是他的玩具。他渴望成为一个木匠，卡斯珀说的木质雕塑便是韦格纳看到皇家哥本哈根（丹麦著名陶瓷品牌）的陶瓷人像时受到启发而制作的，用小刀在木头上刻出了一个生动且充满戏剧性的造型。"和他那些克制的椅子设计截然不同。"卡斯珀说。

为什么不做成木头的

PP Møbler 曾尝试与其他设计师合作，效果并不是很好。

"如果我们决定在市场投放一款产品，那必须是其他人做不出来的。在家具生产领域，现在我们的产品或许是世界上最贵的，或者至少是其中之一。如果我们生产那些很容易制作的家具，那有意义吗？而且我们的价格更贵。"如今他们再次全力回归生产汉斯·韦格纳的作品。

卡斯珀同时感叹现代设计师对材质的理解不够深入与全面。"一个好设计，必须是美丽的，功能性的，可以使用的，可以使用很久的……很多这些因素。"一直以来，PP Møbler 都在生产韦格纳的产品，他们已经见过最好的了，所以现在的大部分设计对他们而言都不足够好。

"当你去韦格纳的工作室，你会发现那里有上千张草稿，全是手绘的。"肯说，

“这些经验真的只有通过自己亲自做，才能学到。”

或许 PP Møbler 很难再找到韦格纳这样的合作者，他们分享共同的热情以及理念，PP Møbler 的匠人和管理者都对木头这种材质有深刻的理解，他们了解木材，也不断将木材的特性推向新的可能，就像他们做的那把韦格纳 PP130 大圈椅。×

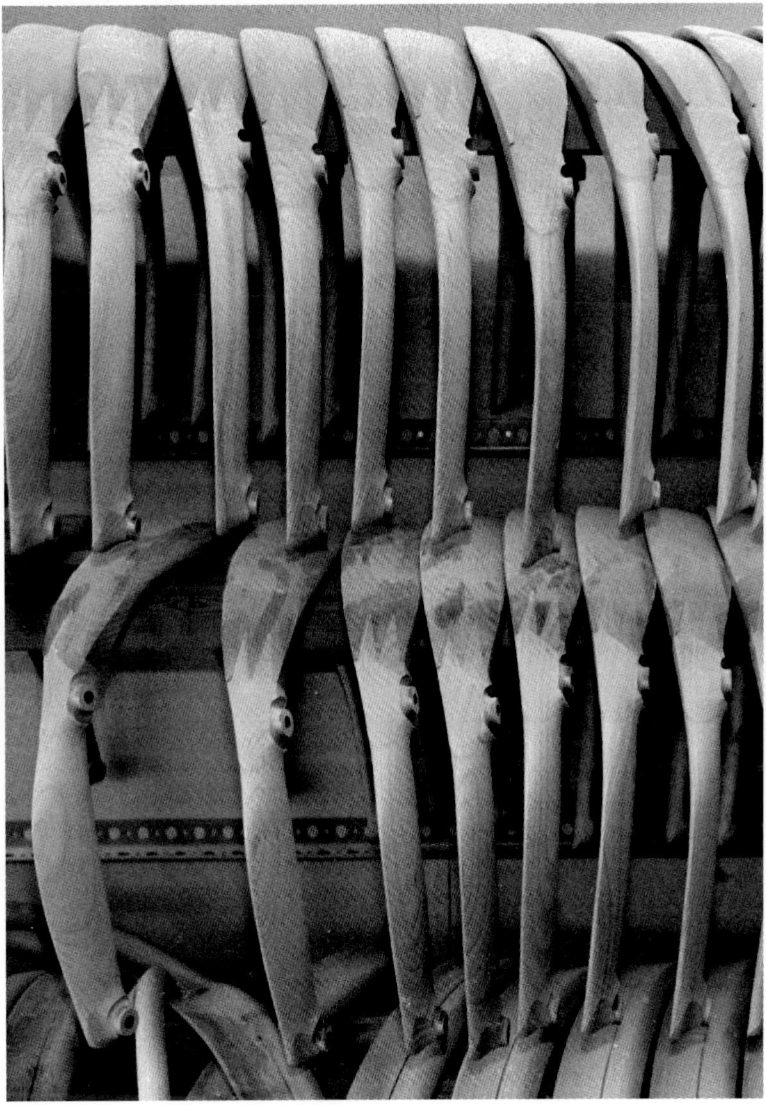

THE PHOTOBOOK
ART & TODAY
AFRICA REMIX
One Red Dot
STEFAN SAGMEISTER
LOFT
ARCADIA
WILDE

机器之力

上世纪60年代，很多手工坊停业，在约翰纳斯·汉森工坊关闭后，韦格纳告诉PP Møbler可以从那里接手他所有的设计了。但埃纳对此回应冷淡，他在一部纪录片中回忆这次对话。

“你不高兴吗？”韦格纳问。
“很高兴你提到让我们接手，但我更希望你能告诉我，哪些是适合PP Møbler的，而不是接手一切。”

PP Møbler从约翰纳斯·汉森工坊接手了很多经典设计，包括那把完美的圆椅。圆椅最初是由约翰纳斯·汉森工坊的匠人全部手工完成，所有步骤非常耗时。当韦格纳开始与PP Møbler正式合作时，这把椅子也经过了改良。

制作圆椅需要一些与普通木头不太一样的防护木材（Shelter Wood），防护木是森林里最强壮的树，通常被留在森林里养护年幼的树木，这些防护木最终都是自然倒下，树龄都有两百多岁。在木头干燥前，将新鲜的木材切割好这一步非常重要，干燥木材是一个非常重要且系统的过程，首先用纸将切割好的木材包裹，放到一间干燥的屋子，PP Møbler 不会人为去干涉干燥的过程，这只是一切好品质的开始。

当工匠开始工作时，首先会针对作品的组件谨慎地切割木材，肯在工作坊给我展示不同尺寸的切割模具，切割干燥木材和新鲜木材的模具有着截然不同的尺寸。而且制作圆椅两个扶手的木材必须是同一块木头上的对称两侧，以取得最好的木纹效果。之后会使用电脑导航控制机（Computer Navigation Control）切割精准的部件。

PP Møbler 对机器并不忌讳，当控制机在 2001 年被引入工作室的时候，那些匠人惊呆了，他们围着这个机器看了半天，几乎都被迷住了。韦格纳同样如此。控制机带来比手工更精准的切割工艺，尤其是圆椅靠背结合部位，更精确的切割也带来了更结实的结构。当时韦格纳和埃纳都被它迷住了，他们能坐上半天，看着那些年轻一代的匠人操作着机器，切割圆椅的靠背。

“不管是手工工具还是机器，其实都是工匠手里的工具，关键看他们怎么使用。而且当真正的工匠使用机器时，他自然会明白究竟怎么使用机器。”韦格纳对机器或是技术并不排斥，PP Møbler 同样如此，唯一的标准便是只要它能改善椅子的品质，这一标准使得手工与科技在 PP Møbler 并不对立，他们认为技术能够加强手工艺人的专业技能，但“我们相信手工艺人永远是生产过程中决定性的因素，因为他们的双手一直与木材打交道，一定能够支配任何技术或方法”。

如果一个匠人对手头的工具不满意，他一定会想办法改进工具，有时候还会创造工具，PP Møbler 也发明了自己独一无二的工具，而且是个大机器。

在一层的工作间看到了让人赞叹的 PP130 木质大圆圈框架，旁边便是制作这个“绝对圆圈”的机器。肯指着一个圆形的金属机器试图向我解释其中的技术与工艺。这台机器是由工坊第二代继承人索伦·霍尔斯特·彼得森一手设计并且制作的机器，肯热情地说着，示意我看旁边的半成品：“这台机器的作用便是将 11 层长条木板压缩成一个收尾完美结合的纯圆形。”

PP130 圈椅是设计师的最大梦想，也是匠人的最大挑战。从 PP130 的设计稿到最终实现它，整整间隔了 10 年。当韦格纳带着设计稿来到工坊时，也并未期望制作成功，只是想看看能不能用木材给未来金属版的圈椅做个模型。他本想将这把椅子制成金属的，因为通常只有金属才能被弯曲成完美的大圆形。

“为什么你要做个金属的，为什么不做成木头的？”创办人埃纳·彼得森问。╳

插曲 03

工作狂 & 鸡尾酒

×

我和卡斯珀聊到汉斯·韦格纳和芬·祖尔。

“两个人完全不同。”

“是啊，芬·祖尔更加艺术化。”

“人们不是打趣说嘛，芬·祖尔对木头所做的事情，木头并不喜欢，哈哈。”

“芬·祖尔是个非常有趣的人。”

“是啊，而且他很有远见。”

“芬·祖尔没有手工艺的背景，他是建筑师，喜欢艺术。喜欢自由。”

“是的。”

“韦格纳是个工作狂，而芬·祖尔给人非常轻松的感觉，喜欢喝马天尼（Martini）。”

“是的，韦格纳来自乡下，所以工作上更努力吧，而芬·祖尔不是，他更像个大城市里的时髦人士。” ×

44 号椅，芬·祖尔于 1944 年设计，由尼尔斯·沃德（Niels Vodder）用古巴桃花心木制作完成。44 号椅是他设计的椅子里最难制作的，当时只做了 12 把。

Finn Juhl：一户人家

周六上午 9 点 40，细细的小雪中，我在奥德罗普格美术馆（Ordrupgaard Museum）门口等待开门。

此时人并不多，前面是一位蓬松短发的中年女人，双手插在上衣的口袋里，不时抬手看看手表。旁边是一对退休的丹麦老夫妻，这位身材高大但稍有些弓背的丈夫显然对我们这些东方面孔很感兴趣，正当我的目光扫向他的时候，发现他正笑意盈盈地看着我们，“天气很冷，是吧？”我们目光相对时，他抛出了问题。

随着开门时间临近，门口的人也渐渐多了起来，大家都在门口小声地谈论着。门口的落地玻璃窗上贴着巨幅海报，海报上有约翰内斯 & 艾尔德·拉森（Johannes & Alhed Larsen）[1]的名字，我听到似乎有人提到扎哈·哈迪德（Zaha Hadid）为奥德罗普格美术馆设计的新拓展空间，但我没多少心思看这些，不时四处打量，寻找迫不及待想要去的那户人家。

买下芬·祖尔的房子的比尔吉特·林比·彼得森（Birgit Lyngbye Pedersen）发现这处房产和博物馆的距离如此之近，她就想在篱笆上开个洞，让房子就变成奥德罗普格美术馆收藏的一部分。但打开这个篱笆缺口却经历了长达3年的时间。这期间，她需要协调各方组织并根据邻居们的需要做出改变。

10点，工作人员打开门，进口便是几张海报，还有那幅我熟悉得不能再熟悉的客厅照片，芬・祖尔的客厅。

从奥德罗普格美术馆往芬・祖尔的房子处走去，像是要去拜见一位年长的朋友，不时飘来的雪花吹在衣服上很快融化，四周很安静，偶尔飘来不远处汽车急速的飞驰声。芬・祖尔在我的印象里永远是那张让人印象深刻的照片中的模样，斜坐在宽大的酋长椅上，双脚搭在一侧扶手上，宠物狗Bonnie乖巧地坐在一边，照片中的他凝神望向远处。对于这座已经风靡世界各大设计室内刊物的建筑，我在视觉上并不陌生，甚至在脑海中完全可以勾勒出它的模样：进门的位置，家中的摆设，诗人沙发背后那著名的肖像画，以及四张绿色靠背的漂亮餐椅……

但当我在偶尔一个转向，透过篱笆上的缺口，目光与这座白色建筑相遇时，脑中原有的一切都被瞬间抹去，眼前的它看起来普通到近乎谦卑。在四周的宁静中，它看起来让人不忍打扰。我快速穿过篱笆的缺口，站在它的面前打量着。

1937年芬・祖尔结婚之后，在哥本哈根市外的奥德罗普格美术馆旁买了这块地，在工作之余开始设计自己梦想中的家，于1942年建造完成。从建筑到家具都出自他手。

制作极难且价值不菲

我穿过篱笆，走进房子附近的空地，在近500平方米的空间里，芬・祖尔将大部分室外空间交由景观设计师托尔斯・厄斯泰（Troels Erstad，1911—1949）[2]，不过现在一切都隐藏在飘落的雪下。只看到两座白砖造的房子，其中一座为主客厅和阅读区，另一座包含厨房、餐厅、卧室及卫浴空间，两座

右图：芬・祖尔最有名的规模化家具便是这把1957年设计的日本椅（Japan Chair）。地毯来自艺术家安娜・托默森（Anna Thommesen，1908—2004）。

ALVAR AALTO
PABLO PICASSO A RETROSPECTIVE
SHAKER
Art in Latin America
Stravinsky

客厅里里最吸引人的就是壁炉旁的酋长椅（见前页），酋长椅旁边的雕塑来自丹麦雕塑家斯温·韦格·汉森（Svend Wiig Hansen）。雕塑旁边墙上的画是简·戴罗勒（Jean Deyrolle，1911—1967）1952 年的作品 *Thona*。书架是设计师 1942 年设计的，注意书架上的小抽屉和卧室里的小柜同一种风格。

围绕着 1968 年设计的桌子旁有一把 44 号椅以及两把 45 号椅。桌上较大只的蓝色大碗来自陶瓷艺术家阿莱夫·希斯柏（Alev Siesbye，1938— ），墙上挂着的是威尔海姆·伦德斯特罗姆（Vilhelm Lundstrøm，1893—1950）的静物画。

卧室里的一张圆桌旁围绕着 48 号椅以及小餐椅（Karmstol），靠墙的是一把 1948 年设计的长凳沙发。墙上的挂画来自简·戴罗勒 1956 年的作品 *Andeol*。灯饰是保罗·海宁森的 PH 吊灯。

建筑之间由一个向花园开放的门廊连接。

敲门进入，房间温暖舒适，一位博物馆的工作人员提示我们穿上门口处的蓝色塑料鞋套。进门处的一张海报正是芬·祖尔设计的联合国总部里的托管理事会会议厅（United Nations Trusteeship Council Chamber）[3]，是他的代表作，也正因此会议厅的设计，芬·祖尔将丹麦设计带进更广阔的世界。

房间整洁干净，但有一种久不住人的落寞，这里的生活已消失不见，整个空间的淡黄色调，也成了一种怀旧氛围。在这个阴霾的冬日，房间的灯都被点亮。在自己的房间里，他偏爱放置自己的经典手工作品，这些作品分散在家中的不同位置，客厅壁炉边的酋长椅、阅读区的 45 号椅（45 Chair）以及 44 号椅（44 Chair），这三把椅子是他非常有名的代表作，三者截然不同，但共同点便是“价值不菲且制作极难”。

芬·祖尔拥有建筑师的背景却没有设计过多少建筑，更是没有学过家具设计，而且他的创作带有大量的曲体造型，在生产上对技术和工匠也绝对是极大的挑战。特别是 44 号椅。1944 年芬·祖尔联合家具制作商尼尔斯·沃德共同展出了这款 44 号椅，这款椅子的设计着实考验了工坊的手艺，尤其是在接合部分，是所有芬·祖尔的设计中制作最困难的一件作品，而且因为制作困难，这款椅子当时只做了 12 把，芬·祖尔都没有给自己买一把。直到 30 年后，芬·祖尔才从一位买过原版椅子的人手中购得 44 号椅，就摆在客厅的阅读区。44 号椅的旁边是两把漂亮的 45 号椅，据说 45 号椅便是奠定芬·祖尔设计地位的作品，而设计 45 号椅，他说自己只用了 4 个小时。

即使是这些造型挑战木材极限的家具，芬·祖尔也并非为了造型而造型，他从来都是强调家具的功能性，他认为家具不是雕塑，但艺术会启发家具设计。芬·祖

尔曾在 1982 年说："我很少只设计一个房子而不设计其中的家具。家具有其实用性，这很重要，椅子不是用来看的，而是用来坐的，当然，如果椅子也值得一看，它就会让你愉快。"

一把大椅子

客厅里最显眼的还是壁炉旁的酋长椅。原版酋长椅曾在 2013 年的英国 Phillips 拍卖行创下北欧家具拍卖的最高纪录 422,500 英镑。

酋长椅与大部分同时代丹麦设计师的严谨设计风格不同，不管是在造型还是体量上，都那么戏剧十足而且造型"浮夸"，它的周围也必须留有足够的空间，才能让它"施展"开。1981 年芬·祖尔在一次采访中说："或许一直以来我都有个模糊的想法，我想要设计个大点儿的东西，已经有太多小巧的手工椅了，我想要设计个稍微'浮夸'点的。"

这款于 1949 年设计的酋长椅——设计师本人更喜欢称其为"大椅子"——展示了芬·祖尔的典型风格，椅子的坐垫、扶手、靠背全部脱离于其支撑结构，这些部件似乎悬浮在结构上。但扶手、靠背以及座面的连接却精巧无比。

这款椅子在 1949 年的木工匠协会展览上展出的时候，展览的常客丹麦国王弗莱德里克九世（King Frederik IX）便尝试了这款诱人的椅子。在当年的展览上有记者问这把椅子是为谁设计的，芬·祖尔开玩笑地说这就是为国王而做，但很快他发现并不能称它为国王椅（King Chair），因为这把椅子并没有来自国王或是皇室的预订，因此芬·祖尔干脆称它是为了某位非洲酋长而做。

× 左图：由 Onecollection 生产的酋长椅。2000 年的时候，Onecollection 获得了芬·祖尔在上世纪四五十年代那些经典设计的独家生产授权。

抽象艺术

每当芬·祖尔带着家具参加木工匠协会展的时候，一并参展的还有他挑选的各种艺术品，有雕塑也有绘画，就像这个家。

艺术是芬·祖尔的主要灵感来源，特别是抽象艺术，他认为家具应该是美的，“拥有漂亮的东西并不能制造幸福，但那些不好看的东西却能大大破坏幸福感。”虽然这种美首先要服务于其功能。芬·祖尔是一个敏锐的收藏家，他的藏品种类非常丰富，有绘画、雕塑，地毯和花瓶等，从客厅穿过小门廊继续往前迈几级台阶便通向餐厅、起居室、厨房以及小卧室，这短短的几步路程中，总是伴着这些迎面而来的艺术品。客厅的桌子上摆放着阿莱夫·希斯柏（Alev Siesbye，1938— ）[4]的蓝色大碗，餐厅旁的置物架上有葛褐德·沃斯伽德（Gertrud Vasegaard，1913—2007）[5]的作品及索尼娅·斐乐·曼可巴（Sonja Ferlov Mancoba，1911—1984）[6]雕塑，墙上挂有威尔海姆·伦德斯特罗姆[7]和阿斯格·尤恩（Asger Jorn，1914—1973）[8]的多幅画作，从餐厅望向卧室，一眼便能看到窗前放有埃里克·托姆森（Erik Thommesen，1916—2008）[9]木质雕塑。1946 年芬·祖尔还特意邀请威尔海姆·伦德斯特罗姆为其第二任妻子汉娜·威尔海姆·汉森（Hanne Wilhelm Hansen，1927—2003）绘制了肖像画，如今这幅肖像画正挂在客厅诗人沙发的上方。

这些艺术品，每件都是同时代中的最佳，也都是后世的经典，如今都真切地展示在这个小小的生活空间。这些艺术品也曾不时地被替换或是移动。但客厅和卧室中的书架以及壁炉旁的诗人沙发自房屋建造之日起便存在，整体布局以及装饰自 1949 年后就没有过大的变动，只是减少、替换或是增加过几件单品。相比较而言，卧室曾于 1968 年扩建，因此其中的家具变动较多，增加了 1961 年设计的新床以及保罗·海宁森的 PH 灯饰，搭配 48 号椅及酋长椅。这

右图：芬·祖尔的第二任妻子汉娜·威尔海姆·汉森的画像，来自威尔海姆·伦德斯特罗姆。画像下是芬·祖尔 1941 年设计的诗人沙发。 ╳

墙上的画作来自威尔海姆·伦德斯特罗姆，芬·祖尔非常喜欢的一位丹麦现代画家。

是芬·祖尔生前对房子做的最后一次大变动，同时他也想扩建出另一个独立的空间作为自己的工作室，只是这个梦想最终都不曾实现。

芬·祖尔去世后，这座房子由他的第二任妻子汉娜继承，并保留其完整样貌。直至汉娜逝世，房子再由威尔海姆·汉森基金会（Wilhelm Hansen Foundation）卖给比尔吉特·林比·彼得森，正是比尔吉特让世人有机会看到这座住宅的全貌。当她买下这座房子后，发现与奥德罗普格美术馆的距离如此之近，她便想着将房子交由博物馆打理，这就是今天从奥德罗普格美术馆通往芬·祖尔房子的那个被修葺得整整齐齐的篱笆缺口的由来。于是她便无偿将这座房子交由奥德罗普格美术馆运营，成为美术馆的展区之一。

从房间中出来，现实再次扑面而来，飘落的雪花，远处的汽车行驶声，潮湿的空气……当房门在我背后关上时，我依旧有点恍惚，那像是一道时空大门，我跨过大门回到丹麦设计的黄金时代，那个时代有关设计的一切，都镶嵌在房间的每个角落。╳

1. 丹麦自然画家约翰内斯·拉森（Johannes Larsen，1867—1961）和其妻子艾尔德·拉森（Alhed Larsen，1872—1927）的大型展览。

2. 托尔斯·厄斯泰，丹麦景观建筑师。

3. 位于纽约联合国总部的托管理事会会议厅是芬·祖尔的室内代表作之一，1952年设计完成。后经过3年的整修，2013年此会议厅再次打开大门，部分新的椅子和桌子的设计同样来自丹麦设计师，并且由Onecollection生产，Onecollection家具公司正是生产芬·祖尔设计的家具厂商，在此次空间整修中，Onecollection还负责生产芬·祖尔的FJ 51椅子。

4. 阿莱夫·希斯柏，土耳其陶瓷艺术家，1963年搬到哥本哈根，曾在皇家哥本哈根工作，1969年创办自己的工作室，同时也为皇家哥本哈根和罗森塔尔（Rosenthal）设计陶瓷，现居巴黎。

5. 葛褐德·沃斯伽德，丹麦陶瓷艺术家。

6. 索尼娅·斐乐·曼可巴，丹麦前卫雕塑家。

7. 威尔海姆·伦德斯特罗姆，丹麦最成功的现代绘画先驱之一，正是他将法国立体主义带到丹麦。

8. 阿斯格·尤恩，丹麦著名画家、雕塑家、陶瓷艺术家、作家。

9. 埃里克·托姆森，丹麦雕塑家，主要以木头为创作材质。

餐厅的大桌是芬·祖尔在1949年设计的Judas桌，围绕着餐桌的是著名的埃及椅（Egyptian Chair）。两个窗子之间的画是来自20世纪最重要的艺术革新家之一，曾是欧洲抽象表现主义的代表人物阿斯格·尤恩（Asger Jorn，1914—1973）的*Syttakromba*（1940），另一面墙上的画来自丹麦画家理查德·莫特森（Richard Mortensen，1910—1993），名为夜莺（*The nightinggale*，1944）。

╳ 一进大门左手边的小工作室，工作桌上摆放着一幅名为“两个水罐”（*To Krukker*）的艺术画，而创作者便是芬·祖尔。办公椅也是他 1965 年设计的，并不多见。

反叛的人，矛盾的人

“就像很多年轻人一样，我也有叛逆的想法，只不过我的这些想法都在我的设计中。”芬·祖尔说。

从凯尔·克林特开始，伯格·莫根森、奥尔·温斯彻、汉斯·韦格纳都有手工艺的背景，而手工艺也正是现代丹麦设计闻名于世的原因。汉斯·韦格纳和芬·祖尔从某种程度上来说都是有点反叛的设计师，不过汉斯·韦格纳因为有木工匠的背景，而且他的老师就曾是克林特的学生，所以他也曾对着那些来自英国或是中国的椅子临摹学习，虽说他走的路不同于克林特，但也是在手工艺的基础上发展自己独特的设计风格。

但芬·祖尔截然不同。

芬・祖尔的父亲是商人，他小时候立志要学艺术史，结果却在父亲的强烈反对下，折中学习建筑，但终其一生，艺术在他的生命以及作品中始终占据着非常重要的位置，即便没有成为画家或是雕塑家，他也用自己的方式将艺术放到设计当中。这些都让他对设计的看法与前辈或是同辈不同，最根本在于，他认为凯尔・克林特和其信徒过分强调精确与功能性，而且基于手工艺以及那些英式和中式的设计太过传统，对丹麦设计而言没有创新。但他赞同克林特的是，必须从其用途出发设计家具。他认为家具是每日用品，并不是雕塑，不是用来看的，而是用来使用的。

在上世纪 30 年代末，他和尼尔斯・沃德（Niels Vodder）工坊将那些极尽木头之所能的造型放在展览上时，人们并不太接受，此时到处都是克林特式的家具。我想象他身处都是匠人的同辈中的感触，面对各种批评与抨击时的气愤与忍耐，不过芬・祖尔也会拿起笔，奋力反击。芬・祖尔擅长讽刺别人，也善于自我嘲讽："有那么多不同的方式和设计，如果一切都按照克林特学校的方式来，那一定是疯了。"

他比汉斯・韦格纳更加"向外"，汉斯・韦格纳更关注自己如何制作出更好的家具，一件件地，不停地设计与制作，他并不怎么在乎其他设计之外的东西。而芬・祖尔不同，他想要更多，尤其是他与主流的克林特一众意见不同的时候，他不会错过任何一个机会来表达自己的想法。不过正如他所说，所有的一切反对都不是个人攻击："这是对克林特的学校思想提出抗议，因为对于那些想要尝试做自己的东西的年轻人而言，它太盛气凌人而且压制人的创造力，我表达自己的方式正是自己想要的，独立于克林特。"

不喜欢克林特风格的还有一位美国人小埃德加・考夫曼（Edgar Kaufmann Jr.）[1]，美国现代设计运动的前沿人物。1948 年纽约现代美术馆（Museum

of Modern Art）想要举办斯堪的纳维亚设计大展，于是时任美术馆工业设计部负责人的小埃德加·考夫曼便前往北欧国家做调研。

小埃德加·考夫曼认为克林特以及其一众追随者的作品太过传统，反而是芬·祖尔的家具让他非常兴奋。“少有的，高明的家具设计师，他的才华在于将舒适、造型和风格都融于他的设计中。”他在1948年出版的一期《室内》（*Interiors*）杂志中写道。

当芬·祖尔在1948年认识小埃德加·考夫曼的时候，一定有种遇到知音的感觉。

小埃德加·考夫曼成为芬·祖尔在美国大获成功的重要元素之一。另一个重要元素便是这些丹麦家具中蕴含的手工艺，美国人被这些手工艺迷住了，这可和美国家具完全不同。到了50年代中期，芬·祖尔的家具，不管是手工还是工厂制，都能够在美国找到。而且他在美国还有其他不同的项目进行。

拥抱变化

他拥抱时代的变化，甚至站在时代的前面，提前为丹麦设计寻找方向。他并不认为存在某种永恒的设计，正好相反，那些能够成为经典的设计之所以经典，正是因为它们展现了时代的特质。

芬·祖尔当时频繁地出入美国，他被美国迷住了，工业化生产，伊姆斯夫妇，还有各式鸡尾酒。他似乎看到了自己设计的另一个方向，芬·祖尔成为丹麦最早一批设计那些适合规模化生产的家具设计师。

FINN JUHL
Møbler og andre arbejder
KUNSTINDUSTRIMUSEET · BREDGADE 68 K
5. NOVEMBER - 5. DECEMBER 1982
TIRSDAGE KL.10-21, ONSDAGE-LØRDAGE KL.10-16, SØNDAGE KL.12-16
MANDAGE LUKKET
UDSTILLING I POLITIKE
16. februa
Åben: mandag - fredag kl. 8
D

可矛盾的是，他不像阿恩・雅各布森那样完全跳过丹麦木工艺的传统，去创造新的丹麦设计语言。芬・祖尔大部分知名椅子都是和非常有经验的传统手工艺人，特别是尼尔斯・沃德合作制成，但他又认为传统手工艺限制了丹麦设计的发展，因为那些纯手工打造的椅子，数量实在太少了，完全无法满足市场需求。他所主张的是，设计应该能够在手工艺和规模生产间取得平衡，这样既不会丧失丹麦手工的核心，也能满足部分市场的需求。

汉斯・韦格纳也有此想法，他也曾设计半工业化产品，为 Carl Hansen & Søn 设计的叉骨椅（Wishbone Chair），没有偏离他的风格太远，而且带有圆椅的特质，但又能更为高效地生产。而且汉斯・韦格纳坚持自己对品质的把控，即使这些半工业化的产品也都不曾在美国生产，都是在丹麦，在设计师的监控下进行，叉骨椅至今都在生产。

客厅壁炉的对面，有一张长凳，是芬・祖尔在 1951 年为美国家具公司 Baker 设计的桌凳（Table Bench），远看非常像 1953 年他为丹麦家具公司 Bovirke 设计的另一款桌凳，两者造型非常相似，既可以做长凳，也可以当桌子，不过放在家里的这张是全木制的 Baker 版长凳，Bovirke 版长凳则是带有金属支架，而且上面还有铜质包边。他为 Bovirke 设计的长凳更为现代，而为 Baker 设计的长凳却更像丹麦传统风格。卧室里有三把为 Baker 设计的 48 号椅，和他设计的传统椅子风格如出一辙。

1957 年，芬・祖尔结束了自上世纪 30 年代中期便开始的与尼尔斯・沃德工坊的合作关系，正是他们打造了芬・祖尔一系列知名的椅子。沃德工坊并非执拗于少量生产，他们也曾努力改变生产方式，试图满足市场对芬・祖尔家具的需求，但数量依旧不多。

同年，芬·祖尔也迎来了他规模化家具的最大生产商 France & Son，他最有名的规模化生产的家具便是1957年设计的日本椅，就在芬·祖尔房间的小走廊，原本靛蓝色的坐垫如今变得有些陈旧，尤其是在这冬日的天光下，更是无神，日本椅自然比不过客厅壁炉旁的豪华酋长椅，但在当时确实畅销了很多年。此外还有为美国市场设计的 FJ136，它拥有更传统的设计外形，FJ136、日本椅和芬·祖尔的手工椅有很多的相似之处，比如同样悬浮于结构的靠背以及坐垫，不过少了那些需要匠人手工打造的部分，是更适应规模生产的工业版。

看着这些和他经典的手工椅有些相似的椅子，不知道这样的设计是否是他的理想，不脱离丹麦手工艺本身但又能实现一定量的规模化生产，但他曾为 Bovirke 公司设计了一款受到设计师伊姆斯启发的小餐椅（Karmstol），这款餐椅的设计完全跟丹麦传统没了关系，在芬·祖尔房子的主卧便有两把，一把在圆桌旁，一把放在落地窗旁。在整个 60 年代，他都在尝试突破工业化设计，一些作品的确在当时热卖，但有些批量生产的家具曾遭受过媒体无情的批判和同行的讽刺，这就是芬·祖尔为第二任妻子汉娜设计的卧室系列。克林特的忠实追随者伯格·莫根森曾撰写文章批评这些设计，认为这是为满足人们复苏的艺术口味的最后挣扎。这些与他之前风格大相径庭的设计同样让大众迷惑。并非手工艺人出身的芬·祖尔没有迷失在手工艺中，但在通往工业化的路上，他没能追上时代。╳

1. 小埃德加·考夫曼（1910—1989），他的父亲埃德加·考夫曼（Edgar Kaufmann，1885—1955）曾委托美国现代建筑大师弗兰克·劳埃德·赖特（Frank Lloyd Wright）设计了非凡的流水别墅。

左图：墙上的书架是芬·祖尔 1952 年设计。仔细寻找，书架上有本关于中国的书。墙上的画来自威尔海姆·伦德斯特罗姆。

右图：椅子是芬·祖尔 1943 年设计。墙上的画是丹麦画家普瑞本·郝宁（Preben Hornung，1919—1989）的《构成》（*Composition*）。

LONDON & PARIS
TO SCANDINAVIA
IN 8 HOURS
SCANDINAVIAN
AIR EXPRESS
CHANTELOUP
SE-ACZ
THE SCANDINAVIAN
AIR-EXPRESS
KØBENHAVN-PARIS-LONDON
AMSTERDAM

丹麦设计博物馆有几把芬·祖尔设计的椅子，除了这把小餐椅，对面还有原版的酋长椅。

插曲04

很多人都觉得它很丑 ×

1956年，北欧航空（Scandinavian Airlines System）委托芬·祖尔设计其通往欧洲、亚洲的机舱以及其在欧洲和亚洲的33处办公室。最终，机舱的设计方案虽然通过，却没有执行，而33处办公室则标配着芬·祖尔的家具一个个被实现。

他并不是唯一一个参与北欧航空公司项目的设计师。另一个便是著名的建筑师阿恩·雅各布森。

北欧航空邀请芬·祖尔设计的便是飞往美国的 DC—8 客机机舱，当时北欧航空希望吸引更多的美国人来北欧地区旅行。他们认为如果能在哥本哈根建成集奢华酒店与航空办公室于一身的建筑，会方便很多，游客可以非常便利地往返机场，工作人员在这里也能更为便捷地为旅客服务。这就是当时这座建筑的意义。当时，北欧设计在美国热火朝天，北欧航空计划用“设计”来为自己的航空公司做营销，用一系列设计师的作品吸引美国游客前往北欧地区一探究竟。

1955 年，正值事业高峰期的阿恩·雅各布森接到了这项委托，在此之前，他已经有了设计小型以及大型建筑的丰富经验，这位著名的建筑师是这一项目非常合适的人选。1958 年底，建筑结构建造完成，又过了 3 年的时间，那独特的外立面才最终完成。

“很多人都觉得它很丑。”阿恩·雅各布森曾这么说。×

SAS
PROFIL HOTELS
AXELBORG
TAXI
AF 98 355
AK 99 976

BAD ASS.
SMART ASS.
GREAT ASS.
DEADPOOL
AIRTOX

SAS
P
Vesterport

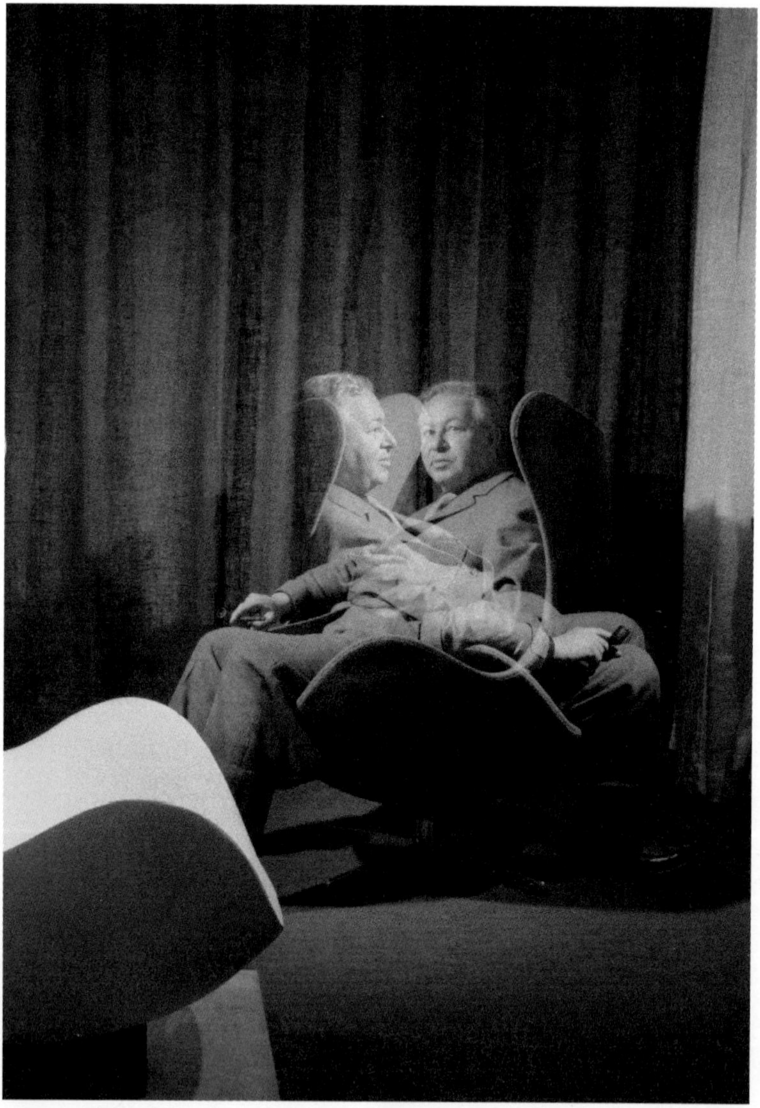

Arne Jacobsen：606号客房

就是这座酒店，我站在马路对面，抬头。

“如果举办一场哥本哈根最丑建筑的评选，它肯定会拿第一。”阿恩·雅各布森调侃自己的这座大楼，当时北欧航空认为这会是雅各布森最为复杂的一个项目，但不曾想到这也是他最富争议的建筑。当时很多哥本哈根市民对于这座新建的城市摩天大楼有着不同的评价：“是的，人们都叫它是‘穿了孔的卡片’，很好笑，因为夏天的时候，当人们打开窗户，这个建筑看起来就像这个样子，这个建筑也有其他称号，有些人称它是‘玻璃雪茄盒’（Glass Cigar Box）。很多人都觉得它很丑，还有很多人赞同这个看法。”

他设计的原名北欧航空皇家酒店（SAS Royal Hotel）的哥本哈根皇家丽笙酒店（Radisson Blu Royal Hotel，Copenhagen），因高耸的建筑结构，在建造时即有不少人持反对意见，认为它会破坏哥本哈根天际线，但在20世纪60年代前期，它不但是丹麦境内最高的建筑，还有着“世界第一家设计酒店”的称号。

我不止一次经过或是遥望过这座建筑，因为当你身处哥本哈根市中心，想忽略它都很难：我乘车前往工作室的时候路过了它；我在奇妙的趣伏里公园（Tivoli Garden）抬头望见了它；我在圆塔最高处，打量城市天际线的时候，看到了它……它依旧可以担当城市的地标，万一迷路或是找不到方向，就朝着它的方向走准没错。

但我总是经过，当我这次站定在马路对面仔细打量的时候，想到当时人们叫它是“穿了孔的卡片”，我在嘈杂的街道上笑出了声。整个建筑外立面由透明玻璃和不透明的绿灰色玻璃板组成，整体看起来非常统一。透明的玻璃便是房间窗户，如果这些窗户都关着的话，整个建筑外立面会非常美妙地映照出白云和蓝天，可一旦有窗户打开，尤其是零零散散的窗户，大楼就如同当时市民的形容，像穿了孔的卡片，也像香烟盒。

北欧航空希望这座建筑既交通方便，又离著名观光地近，于是酒店的位置就在中央车站以及趣伏里公园附近，作为公共服务区的两层楼周遭环境有些杂乱。而且因为当时阴天，这座本来颜色就有些暗淡的建筑更显得沉闷。而隔天，当我经过它的时候，它又在蓝天白云下神采奕奕了。

看得见故事的房间

这个看起来“很丑”的建筑，却是阿恩·雅各布森最重要、最有代表性的作品，

天气冷的原因，酒店没有一扇窗户打开，外墙看起来很齐整。
不过因为地处市中心，周围比较嘈杂。

606号房蓝色的感觉主要来自屋子里的家具以及床上纺织品和窗帘。不过任何一个空间，只要摆放上一把蛋椅，它就一下子主导了整个空间氛围，在尺寸和造型上，那些中规中矩的家具都不能与它抗衡。

除了整个建筑是由他设计外，酒店中的家具、灯饰、纺织品、玻璃、门把手，甚至不锈钢餐具等等，也都由他亲自设计，因此这里也被称为“雅各布森大楼”。

酒店确实名噪一时，但经过这几十年，酒店已经几度更名，内部更是历经多次装修，基本上能动的全动了。但其中有一间房，不管酒店经由谁手，经过怎样的重新装修，从开业之初，一直到现在，都没有过任何改动，一直对外营业。

这就是 606 号客房。阿恩·雅各布森的一切，你都能在这里找到。

阿恩·雅各布森从事建筑的经历和父亲有关，他最初想成为一名画家，和芬·祖尔非常相似，遭到父亲的反对，转而学了建筑。但成为画家的梦想继续在他的设计中以各种形式得到呈现。在 606 号房间的颜色布局中，你就能看到一个画家的身影。

空间的色彩感觉非常丰富，但一下子又被迎面的蓝色调冲击，分不出究竟还有其他哪些色彩。蓝色的感觉主要来自屋子里的家具以及床上纺织品和窗帘，这些纺织品，也是设计师本人设计，特别是蓝色窗帘和床上的纺织品，那种深蓝和淡蓝交替的竖条纹，让色彩有了柔和的变化。

房间里的墙壁除了房顶，四周被覆盖着清淡的水绿色纺织品，中间镶嵌一圈非洲硬木，可以保护墙壁，让家具和墙壁有一定的距离，也可以作为支撑体来搭配那些一体化的桌子设计。还有一处非常细腻的色彩，在那圈非洲硬木下方，那是一圈围绕墙壁的很淡的灰色，如果有阳光照进屋子，这层灰色很容易就消失在阳光中，但如果没有阳光，它和地毯的灰色调非常融合。灰色地毯和水绿色墙壁给人一种宽敞的感觉，中间被深色调的非洲硬木和家具在视觉上打断。

右图：此处的两把水滴椅（Drop Chair）是原版设计，当时只制作了 200 把放在酒店餐厅，并没有直接规模生产投放市场。直到 56 年后的 2014 年，Fritz Hansen 才将其投放市场。 ╳

这些墙壁上的深色木料以及蓝色家具在视觉上非常突出，以至于浅色的墙壁感觉像是在后退，整个空间都会显得比实际上大。

在606号房间中，除了那些经典座椅，还有很多小东西都值得摆弄一下。房顶上的吊灯、床头射灯都是雅各布森亲自设计，沙发旁边的立灯，是他特别为这个酒店定做的，它有蓝色的底盘应和空间的色调，而标准的这盏灯通常是灰色底盘，有很多类似这样的特别家具，只有在酒店能看到。

还有一个小物件，房间的门把手，是雅各布森于1956年为厂商Carl F. Petersen设计，由白铜铸造而成，然后手工打磨抛光。这种材质即使留下使用的手印也不明显，而且比较抗污渍。门把手由一个曲面和一个圆柱形构成，前段有一个圆形的按压处，非常方便手握。这个把手也是对不同曲线造型的一种研究，升起的曲线可以稳稳地接住你的手掌，下侧的凹面又接住你的手指，这些手持的物件像手部的自然延伸一样，

他为酒店设计的餐具同样延续了这一理念，让人握起来非常自然。导演斯坦利·库布里克（Stanley Kubrick，1928—1999）曾为自己的电影《2001太空漫游》（*2001: A Space Odyssey*）挑选各种道具，大件小件都要由他挑选，在选择餐具时，他便选了雅各布森1957年为酒店设计的餐具，他觉得它们看起来很有未来感，当电影放映的时候，餐具放在太空舱里的效果真是棒极了。即便现在看来，这套餐具依然不像是来自上世纪50年代的设计。酒店的餐厅依然在使用这套餐具。

雅各布森对造型的考虑与潮流或是风格无关，他的主要考量通常来自形状与比例两者间严格的一致性。这些包裹身体或是被人握在手中的物品，都采用了严

右图：506号房间的家具都是杰米·海杨为Fritz Hansen设计，大尺寸的Ro扶手椅曾在2013年的米兰展上亮相，“Ro”在丹麦语里的意思是“安静，平静”，这把椅子可以把坐在其中的人很好地“包裹”，让人感觉与周遭隔绝开来。Ro扶手椅旁是为意大利品牌Bosa设计的陶瓷小边桌。

格控制的曲线设计，一上手便会知道如何使用，而这些线条构成了雅各布森的个人几何学。

整个房间就是这位设计师全部设计理念的大融合，每件物品不管大小都遵循相同的设计高标准。这些不同物件，不管是在尺度、造型、色彩还是材质上，都在这个空间里形成非常舒服的连贯性与丰富性，大与小，曲线与直线，坚硬与柔软，光亮与灰暗。其实看着非常简约的空间，要想达到这种连贯性和丰富性并非易事。

506，致敬之作

经过几次整修的酒店也在506号房布置了一个现代设计版的空间。西班牙设计师杰米·海杨（Jaime Hayon）负责506号房间的整体设计。在我印象中杰米就像西班牙版的菲利普·斯达克（Philip Stack），说实话，较之于杰米·海杨，法国那对设计兄弟布鲁莱克（Ronan & Erwan Bouroullec）难道不是更适合的人选吗?

不管怎么说，我注意到杰米在房间里使用了柔和的腻子灰色调，搭配一些流行色。很像606的色调感觉，柔和，但却有点单调。整体上的家具布局也松散。506号房间里的家具有杰米之前为Fritz Hansen设计的Favn沙发、Analog桌子，除此之外还有一系列其他物品，如花瓶、镜子、柜子以及灯等等。“这些都是小东西，但正是这些细节，让人们愉悦。”杰米说，当然这是设计师的美好心愿，实际上，这些小东西单独来看都非常不错，只是放在一起，放在这个空间里，却显得非常孤单。

右图：靠墙沙发是杰米·海杨设计的Favn系列，Favn沙发旁是雅各布森设计的小咖啡桌。墙上挂着典型杰米风格的陶瓷雕塑装饰，是为意大利品牌Bosa设计的。

但 506 号房里有一把比较特别的椅子，是杰米重新设计的雅各布森的经典水滴椅。水滴椅诞生于 1960 年，是雅各布森特别为酒店房间而设计，但从未量产。如今 Fritz Hansen 决定将其重新投放市场。杰米在这款水滴椅中使用了特别的皮毛材质，让简单的椅子设计有了一种特别的奢华感，手感一流。

606 号房间也有两把原版水滴椅。

是的，椅子。我略过了 606 号房间里那些几乎每个丹麦人都知道的蛋椅（Egg Chair）和天鹅椅（Swan Chair）。×

右图：房间里的两张桌子是杰米・海杨之前设计的 Analog 桌子的两个特别版本，一张高一点的在水滴椅旁，另一张较小且低矮的放在 Ro 扶手椅前。×

房间里有两盏德国设计师克里斯汀·戴尔（Christian Dell，1893—1974）设计的包豪斯风格台灯 Kaiser Idell。一盏台灯放在比较高的 Analog 桌上，另一盏立灯在 Favn 沙发旁，Kaiser Idell 灯饰由 Fritz Hansen 生产。

SAS

一把椅子
与七十二变

我越过汉斯（Hans）的头，看到他桌前挂着一个木板，上面钉着不同颜色的小皮块，我问他这是什么，他头都没抬，一边缝那把来自日本特别订单的蛋椅，一边快速地说那是皮子经过不同年份所呈现出的不同颜色。

阿恩·雅各布森曾为北欧航空皇家酒店特别设计了很多家具，蛋椅和天鹅椅也都是为酒店大厅特别设计的，也被安放在客房里。据说椅子最初原本是要设计为沙发，后来因设计师十分注重细节，无法容忍沙发皮面接缝的不完美，还有就是技术与成本，因此设计便缩成椅子的尺度。

汉斯的工作坊是个开放式的空间，就在 Fritz Hansen 的大展示厅，这里堆满各种皮料和半成品椅子。汉斯目前主要负责一些蛋椅的定制款或是特别版。

一千多针的缝制，而且必须保证蛋椅的座面上没有一丁点的褶皱，汉斯要先将皮子打湿，然后将皮革使劲绷在蛋椅上拉平，再开始缝制。

和汉斯搭档的女士在一整块皮子上裁剪天鹅椅所需要的材料，用大的模板放在皮料上先画好记号，采用大剪刀很快完成裁剪，在她手里，皮料就像一张纸。

汉斯在 Fritz Hansen 主要负责蛋椅的制作，但并不是通常版本的蛋椅，他主要做一些非常特别的定制款，此外他在这里也会实验一些其他的可能性。汉斯基本上什么都要做，备料、剪裁、缝纫等等。我看着他一针针在蛋椅上缝制，他的针是一个细长却结实的大弯钩针，插进皮料很容易从另一端勾出来，他沿着椅子的边缘一针针地缝，手指上戴着好几个小皮圈。当时在做的这把蛋椅已经快被汉斯缝制完了。如果要从头开始，他就要先将皮子打湿覆盖在送来的蛋椅模上，然后拉平，让皮子没有一点褶皱或是细纹，用针绷紧，再一针针缝制。“一把蛋椅，总共要缝一千多针。”汉斯说。

这个工作区域是在一大片展示空间中隔出来的，四周放着各种已经制成或是没有制成的椅子，有皮质的，纺织品的，等等，还有几台缝纫机上放着各种颜色的线，一个大的裁剪台，上面有两个很像是剪裁天鹅椅用的模具。汉斯的工作台对面，有一整块的软皮被绷紧在一个架子上，非常柔软，旁边的架子上挂着不同颜色的皮子。这里还有另一位女士负责剪裁皮料。可能因为在这样一大片展示空间中隔出了一块区域，这片缝纫区给人的感觉总像是个舞台，四周过于安静，不时有参观者经过。

很难计算缝制一把蛋椅需要多久，汉斯说，这要看需要处理什么材料，有时是布料，有时是皮料，有时是特别花纹的特别版，这时候如何在椅子上摆放那些画布可是要费一番脑筋。汉斯非常善于交流，也经常在世界各地展示这门手艺。

阿恩·雅各布森并不纠结于手工这点。他和丹麦那些做椅子的设计师不同，虽然早期他也和木匠一起合作制作过椅子，但那些椅子和他后期的椅子，特别是和1950年后的设计比，完全不同，更不如后期的有名。虽然雅各布森后期设计的家具都很有名，但他说自己首先以及最重要的是一名建筑师，从做建筑就开始接触现代主义，可以想象，他更偏向技术以及材料。当时制作椅子的材料都是新型材料，

╳ 工作坊的墙上贴着各种颜色的材料以及搭配效果，
色彩的不同演变也是这里探索的主题之一。

蛋椅用到手工的部分，就是为椅子缝制外面的皮料。

雅各布森有很多有名的家具，都不是单独设计的，而是为自己所建的大楼特别制作，之后才拿出来再生产。比如为北欧航空皇家酒店设计的蛋椅、天鹅椅、餐具，还有 1952 年为 Novo 医药工厂大楼做建筑扩展的时候，为食堂设计的家具，其中就包括另一款非常有名的蚂蚁椅（Ant Chair）。

芬·祖尔和阿恩·雅各布森都受到了美国设计师查尔斯·伊姆斯的影响，特别是伊姆斯对现代材料以及工艺的探索，让来自北欧的设计师们耳目一新。芬·祖尔曾受到启发设计过一款小餐椅（Karmstol），便是用木质胶合板制作而成。但雅各布森使用胶合板更为极致。这款蚂蚁椅，除了椅腿之外，靠背和座面部分全部采用整块的木质胶合板制成，整个形状非常像一只蚂蚁。

蚂蚁椅是第一款采用胶合板技术并一体成型的椅子。这款椅子很快为雅各布森在国际上打响名声，但人们对蚂蚁椅的三条腿有点意见，为什么是三条腿呢，不太寻常。紧跟着在蚂蚁椅的基础上，他开始尝试采用一整块胶合板来制造带有扶手的另一形状的椅子，却没有成功，于是改用其他方式来制作扶手部分，不过没多久扶手也被去掉了。最终在 1955 年，历史上最为有名的一款椅子——7 系椅（Series 7）诞生了，当然，这次是四条腿。

如何形容 7 系椅的名气？大概全球已经卖了 700 万把了。这还只是原版，不包括各种仿制版。即使你没见过真身，也一定见过各种仿品，对它的造型全世界都熟悉得不能再熟悉了。

在 Fritz Hansen 总部，我见到了各种蚂蚁椅和 7 系椅，以及它们的半成品。现在椅子的生产已不在这里进行，只有各种不同尺寸的蚂蚁椅、7 系椅以及百合椅（Lily

Chair）的胶合板部分被放在架子上展示。我用手摸了一圈座面，几乎没有直线的感觉。不同的曲线感觉非常舒服，这些曲线会搭载你的腿部、腰部、大腿侧面，还有你的背部。这些椅面都由9层薄木板和2层面棉布压制而成，非常紧致。机器压制好之后又经过精确的切割和打磨，非常结实。如果你将一把正版7系椅或是蚂蚁椅反过来，站在座面和靠背结合的地方跳两下都不会坏，很有韧性。

7系椅的版本现在非常之多，有各种木材的，还可以选择是否覆盖皮垫或是纺织品软垫，有带把手和不带把手的，此外还有不同的颜色可以选择，或是4条不锈钢椅腿，带轮的或高脚的等等不同版本。总之，一把椅子，你现在可以在线定制自己的组合版。有时候 Fritz Hansen 还会推出各种与设计师或建筑师合作的版本。

蚂蚁椅和7系椅都比蛋椅早几年问世，当时从蚂蚁椅到7系椅的过渡中，雅各布森想做一个全部用胶合板制成而且带扶手的椅子版本，没有成功，不过这个设计换成另一种材料，同样应用在北欧航空皇家酒店的家具设计中，这就是著名的天鹅椅。天鹅椅没有蛋椅那种要霸占整个空间的气势，相对来说尺寸适中，造型相对柔和且开放。

所有这些家具都由 Fritz Hansen 负责生产，正当雅各布森和 Fritz Hansen 的合作热火朝天地进行时，有人向 Fritz Hansen 的高层提出了一个选择题，究竟是选择投入生产“我”的设计，还是阿恩·雅各布森的。结果便是这位设计师带着自己的设计原型离开了 Fritz Hansen。而且他对蛋椅也很有看法，特别是它的椅腿。就像办公室椅子一样，保罗·克耶霍尔姆（Poul Kjærholm）如此认为。×

右图：如今蛋椅拥有各种变化的版本以及艺术家版本，2008年为了庆祝蛋椅50周年，由丹麦艺术家 Tal R 重新装饰。 ×

Her er et rigtigt påskeeventyr..!

╳ 蛋椅和蚂蚁椅从诞生之日起，就是媒体追逐的热点，也是明星们最好的时尚搭配。

蚂蚁椅，看起来非常纤薄，但韧性十足。椅背和座面由9层薄木板和2层棉布压制而成。

1900
1910
1920
"A house is a machine for living in"

在 Fritz Hansen 的展厅，从头看到尾，犹如阅读了一段精彩的丹麦设计史。在这里还能看到设计师们难得一见的原型椅。

插曲 05

邂逅 ×

我继续在 Fritz Hansen 的展示空间参观。但心里总惦记着刚才一扫而过的一把椅子，那是保罗·克耶霍尔姆的 PK22。

初次见面而已。

是啊，我在各种媒体上看过无数次蛋椅、蚂蚁椅、7 系椅，这些椅子几乎都已成为丹麦设计乃至北欧设计的代名词了。那么 PK22，真的只是初次见面。

不过还是应该再去看看。或许是因为刚才工作人员给我讲的那个故事。

曾经有个建筑师的客户买了 PK22，有一天他的女儿拿着小刀在平整的 PK22 椅面上划了一道，不知道建筑师是否批评了淘气的小姑娘，不过，像人的伤疤一样，虽然没有愈合，但 PK22 上的这道划痕随着时间流逝慢慢地不那么明显了。

我很喜欢这个故事，当然，我觉得它就是个故事，但也会像很多家庭里会发生的事情一样，孩子们会在家具上留下各种各样的痕迹。所以，如果你的家具质量不好，这些痕迹和家具很快就会被清理出生活。

Fritz Hansen 展厅里的墙面上印有一句话：优雅伴岁月（Aging with Beauty），这就像 PK22 的这个故事一样，如果你愿意，这个家具和它的伤痕会和你一起变老。

我看着眼前的 PK22，它充满了禁欲主义的克制。刚刚还沉浸在蛋椅和天鹅椅所营造出的舒适温柔之中，一下子转到这种情绪有点困难。

它没有居家椅子的那种亲和力，PK22 像是一款如同爱德华·诺顿般的椅子。我知道这个比喻很奇怪，但它就是让我想起爱德华·诺顿在电影《面纱》里的样子，表面冷冰冰，但内心敏感又柔情。╳

年轻时的保罗·克耶霍尔姆和他的 PK25 椅。

GRAPHY
architects

从左到右依次为 PK61 桌，PK22 椅，PK91 凳，PK80 沙发长凳。

Poul Kjærholm：
永远不会“流行”

盯着 PK22 看了一阵，居然开始觉得它有些可爱。

从第一眼的禁欲主义到俏皮可爱，都是因为椅子四条腿的尾部稍稍翘了一下。好像这把全身克制的椅子突然松了口气，伸了伸脚丫。当然，这只是一时的错觉。它最强大的气势还是来自那种清教徒般的完美。

保罗·克耶霍尔姆很奇怪，他自己学过木工手艺而且还获得过专业认证，上学的时候就在汉斯·韦格纳手下当学生，况且那时候汉斯·韦格纳已经声名在外，他所在的学校自然也有木工艺的传统，在这充满手工艺氛围的设计圈里，他却选择金属作为主要表达材料。我非常好奇，他究竟是如何从那些手工艺人当道的设计风潮里拼出来。

保罗·克耶霍尔姆上学期间深得汉斯·韦格纳的喜爱，业余时间就到他的工作室工作。在他毕业后几年内，还曾和同学一起设计木质家具，由当时的木工匠制作完成，并在手工艺展览上展出。可很快，他就转向工业设计材料。

他比汉斯·韦格纳小十几岁，毕业后身处的丹麦手工艺设计氛围已经在上世纪五六十年代的黄金时代慢慢有所转向，包括芬·祖尔和阿恩·雅各布森在内的代表设计师也都积极尝试新材料或是新设计，手工艺氛围已经不及上世纪三四十年代的浓厚。即便如此，保罗·克耶霍尔姆对形式、材质以及细节的理解都是从手工艺的实践以及学校的学习中得来。

1952 年毕业后，保罗带着 PK25 参加丹麦设计博物馆举办的展览，当时 Fritz Hansen 公司的相关负责人一下子就看中这款椅子，接着在汉斯·韦格纳的介绍下，保罗·克耶霍尔姆便到 Fritz Hansen 工作，在这里继续自己的材料探索，PK25 也被投入到限量生产中。但在同年，Fritz Hansen 在阿恩·雅各布森的蚂蚁椅上投入了更多的时间与金钱，这让保罗颇为不满，他当时正在进行 PK0 的研发，他向公司摊牌，到底是研发生产 PK0 还是蚂蚁椅，结果便是保罗带着尚在实验中的 PK0 原型椅离开工厂。

他喜欢工业生产，但并不喜欢、也不接受像美国设计师伊姆斯那般对待材料。在 PK0 中能看出伊姆斯的影响，也能看到他对材料的处理，对最终形式的表

AN GETZ

× 在丹麦设计博物馆，很惊喜地看到保罗·克耶霍尔姆的 PK0，神奇的是当年没有被投入生产的 PK0，在 1997 年，为了纪念 Fritz Hansen 成立 125 周年，PK0 限量生产了 600 件。

BYG & CO. APS

╳ PK80 沙发长凳，保罗的家具都相对稍矮和扁，让人觉得这些家具都很沉稳，而且这样的尺寸在视觉上让人觉得四周的空间都在视觉上变高挑了。无论是 PK22 上的大螺钉还是 PK80 座面上的纽扣，都是整体设计的一部分。这就是手艺人思维，不允许家具在结构上有隐藏之处。

达依旧属于丹麦手工艺式的思维。

他在自己的设计中使用的材料有不锈钢、胶合板、玻璃、大理石，当然也有木头以及帆布。他最爱的当属不锈钢，他视不锈钢为木材。觉得这种材料也能像木材一样随时间而变得越来越美丽。他使用的所有不锈钢材质都是亚光的表面效果，这把 PK22 也是一样。它有光，但不会光亮到映照周边的环境或是反射其他光线，这在效果上加强了物体的统一性，不让人分心。

还有他对接合处的处理方式，就像汉斯·韦格纳对待木质椅子的接合处一样，对于金属材质，一般的焊接处理保罗·克耶霍尔姆并不接受，就像韦格纳不接受最初圆椅靠背的接合方式一样，不清晰或是隐藏的结构不会出现在他们的设计中。所以他使用了一种在重型机械上才使用的大螺钉，非常结实，就作为家具的结构，显露在外，位于 P22 椅面两边，这就是手艺人思维，不允许家具在结构上有隐藏之处。

实际上，不只眼前的这把 PK22，这座展厅里的其他家具，比如低矮的坐卧两用沙发 PK80，它们都有像汉斯·韦格纳设计中的结构、材质与功能的统一完整感，结构清晰简明，材质上没有多余的东西。

PK80 曾被丹麦政府送给华盛顿的肯尼迪中心，作为庆祝它开业的礼物，但当时建筑师并没有使用这些沙发，觉得这清教徒般的风格和空间富丽堂皇的感觉并不搭配。2004 年纽约现代美术馆想要在展厅内安放 PK80，但有个要求，就是要在 PK80 原有基础上增加一定高度，因为目前这个高度对随时要站立以及坐下的游客而言有些矮。后来这个要求得到保罗妻子的同意，沙发结构增加了 7 厘米，坐垫增高了 2 厘米。

2016 年制作的 PK61 桌子 60 周年纪念版，大理石和不锈钢的组合，结构和素材一样简洁清晰。

保罗·克耶霍尔姆的设计在当时远不及雅各布森那般流行。而且这么多年来，一直都是如此。他的椅子或是沙发都没有常规的那种高度，单独看可能效果不明显，但如果将两把或是两把以上的椅子并排摆放在空间里，你就会知道效果有多神奇。

他的家具都相对稍矮和扁，让人觉得都很沉稳，虽然算不上庄重，但绝对和潮流没关系。而且这样的尺寸让人在视觉上觉得四周的墙面高了，这种对比让空间感增强，产生了一种——对我而言——近似朝堂庙宇的感觉。我并不知道如果一般人家买到这样的家具会如何安放，但保罗·克耶霍尔姆的家具绝对会让你认真对待，它不是你随便买来便要更新换代的家具。×

右图：保罗·克耶霍尔姆的家具稍显低矮，如果将这些家具摆放在空间中，空间会产生安静的气氛。

在哥本哈根圣母教堂（Church of Our Lady），两把 PK9 静静地立在门边。

RUD·RASMUSSEN'S·SNEDKERIER
OPRETTET·1869
RUD·RASMUSSEN
MASTERWORKS SINCE 1869

另外一个故事

1954年，凯尔·克林特去世，关于家具设计部的继任者，有三个有趣的候选人，一位是克林特的学生奥尔·温斯彻（Ole Wanscher），另一位既是克林特的学生、也是最年轻的候选人伯格·莫根森，还有一位则是离经叛道的芬·祖尔。

显然，这不只是继任者的简单选择，更是关乎丹麦设计未来发展方向的抉择。答案很快浮出水面，相对传统而且对设计历史颇有研究的奥尔·温斯彻成为新一任负责人，对此结果芬·祖尔颇感失望。

奥尔上任后便即刻聘任保罗·克耶霍尔姆来学校任教，看似非常奇怪的选择，注重历史研究的奥尔·温斯彻居然选择了偏向工业生产的保罗·克耶霍尔姆。

但一直以来，保罗都渴望设计一种能在历史中长久流传的原型椅，也正因此，他深入研究了历史上很多经典椅子，并在它们的基础上加入了自己的理解和再设计。而在学校任教期间，他对历史的学习更为加强，奥尔·温斯彻对他也颇有影响。直到 1976 年，继奥尔·温斯彻之后，保罗成为家具设计部门的负责人。

保罗依旧受到克林特以及继任者的影响，并且关注手工艺，学习历史中的经典。但不同的是，他选用现代材料，并且渴望工业生产。可同时他和芬·祖尔、PP Møbler 或是汉斯·韦格纳对工业或是技术的看法又非常相似，百分百的工业化产品绝不是他们眼中的丹麦设计未来，甚至是不能接受的。对工业和标准化十分有兴趣的保罗无法放弃对完美的追求，也无法放弃手工艺。

保罗的设计总是呈现一副工业化生产的面孔，但任何一件百分百工业化生产的家具都不会如此完美。包括 PP Møbler 的创办人埃纳·彼得森、伊万·施莱西特（Ivan Schlechter）和赫卢夫·波尔森（Herluf Poulsen）在内的丹麦最为优秀的手工艺人都曾参与到保罗·克耶霍尔姆的设计制作中，伊万·施莱西特和赫卢夫·波尔森都参与过 PK22 的制作，埃纳·彼得森自然不用说，到了后期已成为保罗·克耶霍尔姆最紧密的合作伙伴。伊万·施莱西特是优秀的皮质手工艺人，曾制作芬·祖尔大椅子的皮质坐垫和扶手，PK80、PK22、PK20 等椅子的皮质部分都出自他手，赫卢夫·波尔森是一流的金属匠，制作了保罗大部分的椅子金属架。每件家具上的任何一个细节，即使是一个扣子，缝制的细线，都不是装饰，而是整把椅子结构的一部分，没有任何的多余。保罗设计中所体现的工业与手艺的融合，在某种程度上似乎实现了芬·祖尔关于设计的梦想，不是耗费时间与人力的百分百手工，但又不脱离丹麦手工艺，也不是彻底的工业化生产，却又能实现一定数量的生产。保罗·克耶霍尔姆似乎站在某一个时间点上，能看到未来，也能回望过去。

但在当年保罗·克耶霍尔姆毕业后没多久，丹麦设计界就渐渐有了不同的声音，特别是到了上世纪 50 年代末 60 年代初，流行文化渐兴，“Danish Modern”渐渐示弱，时尚与市场渐成趋势，Danish Modern 所强调的功能、材料、结构与手工艺，还有那些深色的家具木料，显得颇为过时。伯格·莫根森对于 1961 年的木工匠协会展上那些在他看来过于流行、讨好市场的家具十分不满，撰文抨击。但这改变不了什么，很快，1966 年秋季举办的木工匠协会展览也成为历史上最后一届。

与此同时，维纳尔·潘顿（Verner Panton）于 1955 年设立了自己的工作室，50 年代末，他开发了塑料板材质的全新潘顿椅（Panton Chair）原型。1968 年，这些色彩亮丽、造型性感的潘顿椅最终版由德国生产商 Vitra 投入生产。

不过，这已是另外一个故事。 ×

BO
godt
BRUG ØJNENE OG
FODGÆNGEROVERGANGEN

DENS MØBLER
ORUM 21-3
Ah!
ET DAMPBAD i
FREDERIKSBERG
SVØMMEHAL

#relax
#slapaf

后记

这座城市

×

我曾在一个复古店里见过一张欢快的购物面孔：

一个戴着灰色毛线帽子的年轻女人抱着一个小凳子，和店员用丹麦语一边讨论着什么一边快速穿过店铺，走出大门，我就这么一直目不转睛地看着她们，年轻女人满脸兴奋。我透过落地窗户看到，店员送年轻女人到一辆小皮卡边，坐在驾驶位置的男人提前下车接过家具，放在车后面，他们一起和店员告别，开车离开。

那个小凳子很像我在 PP Møbler 见到的汉斯・韦格纳的一个小凳子，但材质不同。店员回来后很快就转身走到地下一楼不见了踪影。我快速查阅产品目录，年轻女人买的确实是汉斯・韦格纳的设计，不过是 AP29，早年由 A.P.Stolen 生产，不同于现在 PP Møblerr 生产的版本，有趣的是，PP Møbler 曾为 A.P.Stolen 制作过汉斯・韦格纳的家具框架。但在上世纪 70 年代末 A.P.Stolen 就已停业。

我想着他们或许是新婚夫妻，为了自己的家，精心挑选着家具，终于等到了心仪很久的设计师作品。她抱着小凳子的欢快表情让我印象深刻。甚至很久之后，当我回想这座城市，这个年轻女人的面孔总会和严肃的克林特、韦格纳或是芬・祖尔一起出现在我的脑海里，形成一个独特的画面。

想来这个年轻女人一定是早就预订了这个凳子，而且可能都不住在城里，只是趁着和丈夫开车进城的时候顺道带走它。不只是她，当我前往芬・祖尔的住所时，一个高大的男人过来借火点烟，问我是不是去附近的奥德罗普格美术馆，并给我指明方向。这个城市的人们似乎对这些设计大名都不陌生，甚至是熟稔于心。

对外界来说，丹麦设计是一种独特的美学风格，但对这里的人们而言，就是生活本身。是街边的落地窗户里，那位女士编织着克林特百年前的法堡椅，是悬挂在路易斯安那美术馆大厅的 PH 吊灯，也是普通人家露易丝・凯特尔（Louise Kettle）的日常。

艺术与设计是这个国家的荣耀，也是这座城市的日常故事。

《安徒生的帽子：城市・艺术・故事》同期出版。 ×

JAPAN

DAC
& CAFÉ

部分图片版权说明：

扉页6：
pp250,Valet Chair,Hans J. Wegner
Photographer:Mikkel Adsbøl
P10—11
pp503,The Chair,Hans J. Wegner
Photographer:Katja Kejser & Kasper Holst Pedersen
P14—15
Series 7, PK80/PK33, Essay
Photographer:Ditte Isager
P16—17
Room 606
Radisson Blu Royal Hotel
P29
pp501,The Chair,Hans J. Wegner
Photographer:Katja Kejser & Kasper Holst Pedersen
P44
Chieftain Chair
onecollection
P45、48
pp503,The Chair,Hans J. Wegner
Photographer:Rasmus Koch Studio
P47
PP Møbler
P78
3 Generatons,Kasper Holst Pedersen, Søren Holst Pedersen, Ejnar Pedersen.
Photographer:Katja Kejser & Kasper Holst Pedersen
P80—81
Hans J. Wegner & Henry Fisker
PP Møbler
P82—83
MC Selvini, Milan 2014，Hans J. Wegner
Photographer:Katja Kejser & Kasper Holst Pedersen
P87
Photographer:Jacob Ehrbahn
P91
Henry Fisker
Photographer:Jacob Ehrbahn
P92
pp130 · Circle Chair,Hans J. Wegner,1986
Photographer:Katja Kejser & Kasper Holst Pedersen

P93
SØREN ULRIK PETERSEN
Photographer:Katja Kejser & Kasper Holst Pedersen
P94、P95
pp250,Valet Chair,Hans J. Wegner,1953
Photographer:Katja Kejser & Kasper Holst Pedersen
P99
pp501
Photographer: Jacob Ehrbahn
P102
pp126,Hans J. Wegner
Photographer:Katja Kejser & Kasper Holst Pedersen
P103
pp503,The Chair,Hans J. Wegner
Photographer:Katja Kejser & Kasper Holst Pedersen
P104
pp130,Circle Chair,Hans J. Wegner
Photographer:Katja Kejser & Kasper Holst Pedersen
P107
Photographer:Katja Kejser & Kasper Holst Pedersen
P109
Photographer:Jacob Ehrbahn
P110—111
pp19,Teddy Bear Chair,Hans J. Wegner,1951
Photographer:Katja Kejser & Kasper Holst Pedersen
P118、135、136
onecollection
P164、175、177、179、180—181、182—183、225
Fritz Hansen A/S
P168—169、170—171、173
Radisson Blu Royal Hotel
P203
Tal R
Fritz Hansen A/S
P216—217、218、219、220—221、222、228、231、233
Fritz Hansen A/S
P249
pp19，Teddy Bear Chair
Photographer:Katja Kejser & Kasper Holst Pedersen

芬兰 01：《亲爱的阿尔托》（2018 年 5 月 即将出版）

像阅读传记小说一样探索一座城市。

阿尔托在赫尔辛基埋藏了太多线索，梦想，影响他一生的意大利之行，与现代主义的若即若离……这是他的城，亦是他的家。从一座建筑开始，寻找阿尔托，并，发现赫尔辛基。

芬兰 02：《轻言细语，山川与大地》（2018 年 5 月 即将出版）

“一有机会，我就马上离开，让高山上的风吹散冬日在脑中累积的灰尘。”

在风中，在波光粼粼中，在轻言细语中，我看到一种自然的生活与设计，设计师在作品中倾诉山川与大地，我也开始学习像芬兰人一样，与自然平淡相处，这种感觉即踏实又纯粹，让人平静。

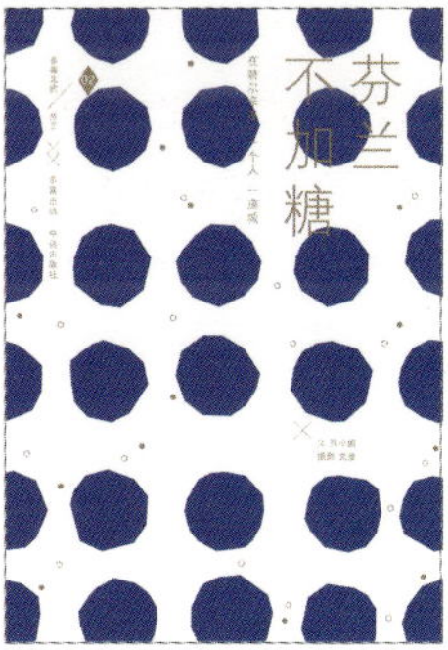

芬兰 03：《芬兰不加糖》（2018 年 5 月 即将出版）

这是一座不加糖的城市，也是一座 SISU 的城市。

从一家家咖啡馆开始，从艺术设计到时尚复古，寻找城市里的 SISU 精神，它是芬兰人的内在精神力量，是面对困难与困境时不退缩不抱怨，是每个人在日常中的践行，也是芬兰独特的乐观幸福与固执坚守，它以各种形式深入城市和生活的方方面面，我开始被这座城市感动。

策划出品：多喜
主笔：肖小困
摄影：文俊
装帧设计：1204 设计工作室
封面设计：1204 设计工作室
艺术指导：文俊
图片编辑：李杰
特约文字：黎艾、Jannie Yue

世 界 多 辽 阔
生 活 多 欢 喜

策划编辑：李静媛
责任编辑：李静媛
营销编辑：罗文悦

图书在版编目（CIP）数据

哥本哈根四条腿 / 肖小困著；文俊摄影 . —北京：
中信出版社，2018.3
（多喜北欧）
ISBN 978-7-5086-2640-6

I. ① 哥… II. ① 肖… ② 文… Ⅲ . ① 散文集－中国
－当代　Ⅳ . ① I267

中国版本图书馆 CIP 数据核字 (2017) 第 251510 号

哥本哈根四条腿

著　　者：肖小困
摄　　影：文　俊
出版发行：中信出版集团股份有限公司
（北京市朝阳区惠新东街甲 4 号富盛大厦 2 座　邮编　100029）
承 印 者：北京顶佳世纪印刷有限公司

开　　本：880mm × 1230mm　1/32　　印　　张：8.5　　字数：38 千字
版　　次：2018 年 3 月第 1 版　　印　　次：2018 年 3 月第 1 次印刷
广告经营许可证：京朝工商广字第 8087 号
书　　号：ISBN 978–7–5086–2640–6
定　　价：78.00 元